小时候过年

玉荷 著

中国农业出版社

农村读物出版社

北京

图书在版编目（CIP）数据

小时候过年 / 玉荷著. —北京：中国农业出版社，
2021.2

ISBN 978-7-109-27761-8

Ⅰ.①小⋯　Ⅱ.①玉⋯　Ⅲ.①散文集—中国—当代
Ⅳ.①I267

中国版本图书馆CIP数据核字（2021）第004984号

小时候过年

XIAOSHIHOU GUONIAN

中国农业出版社出版

地址：北京市朝阳区麦子店街18号楼
邮编：100125
责任编辑：潘洪洋
版式设计：杜　然　　责任校对：吴丽婷
印刷：中农印务有限公司
版次：2021年2月第1版
印次：2021年2月北京第1次印刷
发行：新华书店北京发行所
开本：880mm×1230mm　1/32
印张：4.5
字数：100千字
定价：29.80元

盼过年

我小时候特别盼着过年。刚收完麦子，就问娘："什么时间过年呀？"

娘一愣："过年？还早着呢！"

"噢——"我噘着小嘴走开了。

过不了多久又问："年该到了吧？"

娘说："还没有。"

我问："那，什么时候才到哇？"

娘说："得晒完地瓜干，刨了胡萝卜，储存好大白菜，下雪的时候。"

我就盼着，洁白洁白的小雪花呀，你就快点来，快点来吧！夜里甚至都做梦了呢。

盼着，盼着，终于有这么一天，房门打开后，哟！房顶上、院子里一片白茫茫哎。麦场上还堆起了好几个插着辣椒鼻子、拿着破蒲扇的雪人。

我赶紧问娘："这回年该到了吧？"

娘也显得有些兴奋地说："该到了。"还告诉了我天数。

从此我和娘，还有弟弟妹妹们便一天一天地掰着手指头数着过了。

为什么这么盼年呢？

过年可以穿好的呀，买新鞋、新袜子、新衣服、新帽子。

过年可以吃好的呀，做豆腐、蒸糕、煮猪蹄冻、炸菜、包饺子。

可以跟着大人祭祀，高高兴兴带上礼品去看姥姥，挣姥姥给的压岁钱，到别的庄里去走亲戚。

还可以玩儿，剪窗花、放滴滴金、唱戏、踩高跷……

多着呐。

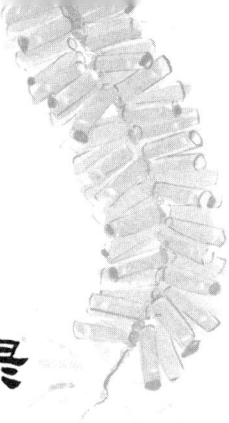

目　录

卖　　猪

　　下过几场大大小小的雪后，厚厚的日历，一页一页越翻越少了。

　　盼着盼着，年，终于快来了！

　　小时候，每逢过年，记得差不多都是从卖猪开始的。

　　那往往是刚进入腊月后不久的某一天。

　　这天的早晨，爹和娘起得比以往要早。他们脚步轻快，心情愉悦。我和弟弟妹妹们趴在暖暖的被窝里，瞧着出出进进的爹，还有出出进进的娘，感觉屋里的空气似乎都一下子轻盈了起来。

　　可不是吗，要卖猪了呢，今天，我们家就要有一笔一年之中最大的收入了呢！

　　爹从院大门门洞里推出独轮车，给独轮车打好气，找出油壶，冲轮轴上"咕嘟咕嘟"打油，摘下上房房檐上挂的绳子，放车上，紧一紧系在腰上的围脖，到我大爷家去，让我大哥、二哥吃了饭过来帮个忙——绑猪。

　　娘顶着那块蓝花头巾，忙着拉风箱"呱嗒呱嗒"做饭，给猪破例煮一锅稠稠的地瓜粥，凉在盆子里。

　　饭还没吃完，大哥、二哥就来了。娘赶紧放下碗，用一根手指头试试凉在盆子里的粥，然后舀到猪食槽子里让猪吃。

　　猪还从来没有吃过这么好的饭食，自打春天还是十几斤的猪娃时，被娘从集上背回来，顿顿不是草就是洗碗水

刷锅汤，这回吃得特别香，槽子里含一大口，"吧唧吧唧"嚼着，不待"咕噜"咽下去，插进槽子里的嘴就又是一大口。毛茸茸的一双眼睛，看着娘。

娘摸摸猪的背，手指当梳子，梳梳猪脖子上硬扎扎的鬃毛，把盆子里的粥刮擦干净，都给倒上，一点儿也没剩。

不多会儿，猪吃好了。

爹、大哥、二哥抓住猪的后腿，把猪放倒绑起来，弯腰憋红着脸抬到独轮车上。我赶紧扶着车，坐到另一边的前头坠偏。爹架起独轮车，娘把已拴在车前头的绳子拾起来放在肩上拉着，我们向收购站走去。

天灰蒙蒙的，一呼吸嘴前一团白白的热气。出村后，地里还覆着雪，白白的雪被下，麦苗正做着甜甜的梦。

远处的村子里，有零星的鞭炮声，那是即将到来的年的声音，也是即将到来的春天的声音。

收购站在镇东的河边上。老远就看到了河上飘起的热气，听到了河水的喧响。

这条河是打南边来的，拐个弯后，悠悠地向北而去了。夏天，河两岸是茂密的芦苇，风一吹，叶子相互触碰，"刷刷"地响。里面，各种野花儿竞相绽放，是小鸟们的天堂。

收购站里已有很多很多卖猪的人，拉着地排车的，推着独轮车的，都有，他们排成长长的一条队，都延伸到了外边那条东西向的沙土路上。

是呀，紧算慢算还有二十多天就过年了，谁不想赶紧把猪卖了，去置办年货呢，那可是浓郁的酒，喷香的肉，光鲜鲜的新衣，红艳艳的头绳，脆脆响的鞭炮呢！

紧挨着过磅的地方，有一个长方形的木栅栏，老大，圈着好多收购进去的猪。黑的、白的、花的都有，有的趴着，有的站着，有的走来走去，不慌不忙、十分悠闲的样子。

收购员戴着蓝套袖，耳朵上夹着烟卷，忙得连说句话都顾不上。

随着队伍不断向前移动，慢慢地，轮到我们了，爹和娘把猪推到磅秤旁。收购员摸摸车上的猪，看大小、肥瘦，准备定级。猪越肥，定的级越好，卖的钱越多。

爹和娘都笑着，看着收购员摸猪，谦恭而又小心地等待着。

收购员说了个级，征询地看着爹和娘，意思是要是不同意，可以不卖，再推走。

爹立刻同意了。这是个挺不错的级，符合他和娘来之前的预想。

别的几个收购员立刻过来，帮着父亲解绳子，把猪抬到磅秤上一个专门过磅的木托里。

收购员抹抹秤，报了斤数，在磅秤顶上用圆珠笔开票。

他们在猪屁股那儿的白毛上剪上记号，放进木栅栏。

卖

猪

3

娘跟过去，抓着栅栏，看着我们的猪。我们的猪也回过头来，看着娘，依依地，不肯往深处走。

爹拿着票，到旁边一个平房窗口，排队弯腰递进去，等待里面算盘响过，把盖上章的票递出来，再到另一个窗口排队，领出了钱。

我站在独轮车旁，看着车。

爹过来了，喊了几声娘，娘从栅栏那儿走过来，不停地回头瞅着我们的猪，接过爹递给她的钱，点两遍，从棉袄内兜里掏出包钱的那块旧手绢，包进去，揣好。

爹架起车，我们往回走。

没有了猪，独轮车轻快了。我骑坐在独轮车中间凸起的那道脊梁骨上，一口一口，吃着一串爹刚给我买的又酸又甜的糖葫芦。

爹和娘商量着要给我们小孩子做新棉裤、新棉袄。过年了，有钱了。娘说，明天她就到商店去买布。

爹一声声"嗯"着，听娘说。娘说话，爹要同意，都是说"嗯"。

他们边说着，边往前走。

过会儿，娘又说："要不再给顺子买顶帽子吧，他都给我说过好几回了。"顺子是我。娘说的帽子，棉的，电影上八路军戴的那种，灰色。我一听，立刻扭头瞅爹。爹说："嗯。"噢——答应了！我心里兴奋不已，如同冬日的某个早晨，起床后忽然发现院子里已落了第一场大雪般惊喜，因为我们小学有一个同学就戴着一顶，非常漂亮，我羡慕极了。

过年我也能戴上了。

我使劲咬一口糖葫芦，鼓着两腮咀嚼着，糖葫芦上的糖在嘴里"嘎嘣嘎嘣"响。

赶　集

到赶集的日子了。爹让我陪他赶集，说我要去，就给我买盘大雷子^①。

这可是我早就盼望着的，一听，犹豫也没犹豫，立马点头答应了。

那正好是个星期天，不用像卖猪时那样，还得由爹替我向学校的老师请假。我不愿意老是请假，那不好。一来要年终考试了，我要考个好成绩，好把成绩单高高兴兴拿回来给爹娘看；二来考完试接着要评三好学生，不能影响我评比。

我们是一早走的，爹挑着两筐前一天下午我放学后，下到窖子里拾出来的胡萝卜，我跟在他身后。

"嘎吱嘎吱"，爹肩上的扁担，随着他脚步的迈动，发出轻轻而又有节奏的响声。

乡下的年集，格外热闹。

刚出村口，便碰上了一些也要赶集的人。越往前走人越多，这条那条的田间小道上，都是往集上走的人，有的抱着花公鸡，有的牵着灰山羊，有的提着辣椒串，有的背着大蒜瓣。熟人碰上了，相互热情打招呼，问完家人问朋友，聊年景，论收成，有说不尽的话题。

不知不觉间，集到了。

---

① 大雷子：一种燃放时声音巨大的鞭炮。

哎呀，人可真多呀！

钉马掌的、卖爆米花的、卖花椒大料的、吹糖人的、卖包子的、卖老鼠药的、卖萝卜钱①的、炸油条的、写对联的、卖鸡毛掸子的、卖欢喜团子②的、卖鼓荡子③的、卖烧纸的、卖黄历的都有。

还有耍猴的，敲着锣，"喤喤喤喤"，让猴子翻跟头、拿大顶，打开箱子穿衣服、戴帽子。猴子抓耳挠腮，东张西望，头转得像拨浪鼓，可好玩了。

爹怕我挤丢了，让我攥着后面筐上的绳子，紧跟在他身后。

"借光了！""借光了！"爹不停吆喝着，挤过一拨又一拨的人，到了卖菜的地方。

选个稍宽松点的位置，爹说："麻烦让一让！麻烦让

---

① 萝卜钱：传统民间装饰刻纸艺术品。

② 欢喜团子：山东地区的一种民俗小吃。

③ 鼓荡子：旧时的一种玻璃玩具。

6

一让！"卖白菜的和卖葱的分别向两边挪了挪，腾了个空。爹放下扁担，说："谢谢！谢谢！"把两筐萝卜摆在了集上。

卖萝卜的没有几个，我们的萝卜又都是娘一个一个挑选出来的，小的、颜色不好的都没拿，很招人。

刚摆好，接着就有人过来了，跟爹讨价还价，蹲在筐前一个一个往爹的木杆秤秤盘里放。爹把秤称得高高的，报出斤两，并移过秤去给人家看秤杆上的星星，嘴里"二三人六""三三见九"地算着钱数，把萝卜放到人家带的渔网一样的塑料网兜中。

那时没有塑料袋，买东西都是自己带兜子，这种塑料网兜最普遍。

我拿着爹盛钱的一个破黑色人造革提兜，站在旁边，接过爹递过来的钱，放进去。有时也给人家找零。爹忙不过来的时候，我也算账。我已经小学三年级了，过完年该上四年级了，会算，数学也是我最拿手的，要不爹也不会让我来了。

不多会儿，筐前便围满了买萝卜的人，都着急地把挑出来的萝卜往爹的秤盘里放。

爹越发兴奋起来，高声大嗓地报着斤两，不时冲远处吆喝："快来买吧！再不买萝卜就卖完了，想吃萝卜得等明年了。"

买萝卜的更多了。

不到半上午，两筐萝卜全卖完了。

爹点点提兜里的钱，把两只筐摞起来，扁担的一头穿进筐绳里，挑起来背到背上说："走，去买大雷子。"

我们向鞭炮市走去。

鞭炮市在东边的一处空地上，我早就听到那里的响声

了。到了一看，有成挂的鞭，也有成盘的大雷子，还有单个的二踢脚、窜天猴、起花。他们比着赛地放，因为只有听着他们的鞭炮响，才有人肯买。鞭炮声"乒乒乓乓""噼里啪啦"响成一锅粥，让人耳朵里"嗡嗡"作响。

看吧，这边提起一串，拴杆子上挑起来，破着嗓子喊："南来的，北往的，听听咱这不响的。"点上，"哗——"一片爆炸声。火药香顿时四处弥漫，鞭炮纸纷纷扬扬，雪花一样。买鞭炮的"呼啦"围过来，你两支我五支，递钱购买。

卖鞭炮的把箱子盖敞开条缝，一边接钱，一边一支一支往外摸。

卖鞭炮的都用木箱子，防止火星进去，不安全。

那边一看，着急了，赶紧也挑起一支："东走的，西转的，看看咱这最贱的。"贱，就是便宜。"哗——"也是一片爆炸声。买鞭炮的"呼啦"，又都围到那里。

爹领着我转了转，看好一个卖大雷子的，这些大雷子一盘五十个，每个有胡萝卜那么粗、胡萝卜那么长，上半部裸露着本色，下半部裹着红纸，喜庆，诱人。

爹问："响不响？"

卖的立刻从一盘上掰下一个交给爹："响不响？我说了不算，你自己放放听听。"

爹也不客气，接过来，把顶上的引信抠一抠，拿过旁边一个人递过来的火柴，走出十几二十米，瞅瞅四周，感觉安全了，放地上划火点燃了。

"嗤"地一下，先是一股蓝烟，接着"嗖"地冒出了火花，哎呀呀！有六七米那么高，瞬间，以那个大雷子为根，长出了一棵"火树"。那些火花们，争先恐后朝天上蹿，你追我赶，闪光耀眼，漂亮极了。很多人看到后围拢过来，侧着身子，捂着耳朵。

"咣——"响了，震耳欲聋。

爹交钱。卖大雷子的从木箱子里摸出一盘。爹看了看，没相中。卖的说："那你自己摸。"箱子盖打开条缝，让爹自己伸进手去，摸出一盘。

爹让我搬着，说："走，咱再去买鞭。"

我们又去买了十支鞭，其中两支"十响一哼噔"的，就是连续响十个鞭炮后紧跟着一个大个的，"哼噔"一声，共响五十响，"哼噔"五声。

这种鞭前年开始我就想要，爹却一直没舍得买，今年破例了。

买完鞭炮，爹又带我去买了筷子和碗。每逢过年都要添新筷子、新碗，寓意家庭人丁兴旺，日子红红火火。

回来的路上，鞭和筷子、碗在爹背上的筐里背着，大雷子我却舍不得放进去，一直搬着，手酸了就移到肩上，差不多快到家了，实在搬不动了，才让爹也放进筐中。

尽管搬了老远的路，手和胳膊都累得不行，心里却一点儿都不觉得累，甜美无比。

现在，爹已经八十三岁了，岁月已经让他满头白发、腰背佝偻了，而我，也长大了，早就不是原先的那个少年了，但当年他带着我赶年集、买鞭炮的情景，却历历在目，这么多年了，炭火一样一直温暖着我。

劈高粱秸

　　小时候过年有很多讲究，不借东西，不还钱。年初一不走亲戚，不串朋友。年五更里起来过年，不粗门大嗓说话，不随便乱说话，更不能说些不吉利甚至晦气的话。不论干什么都要轻手轻脚，不能碰得东边"丁零"西边"当啷"地响，要尽量保持安静。

　　娘叫我们起来吃饺子过年也从不喊我们的名字，而是到被筒前轻轻拍我们的肩膀，一个个把我们拍醒，然后看我们把新衣一件件悄悄穿上，蹬上新鞋，下炕。

　　我和弟弟妹妹们交流大都用眼神，或打手势，需要说话时，都是走到最跟前。

　　爹说，这个时候，是各路神仙和祖先们的灵魂都到家里过年、接受香火供奉的时候，不能予以惊扰。要不，一年之中不会有好运气，甚至会降灾祸。

　　那时做饭不像现在，不是液化气就是电磁炉，而是用土坯砌的大锅头，上面安口大铁锅，拉风箱烧火。

　　为了鼓风，风箱的两头一头一个巧舌，随着风箱的拉动，里面猫头来回运动，会发出"呱嗒呱嗒"的响声，大街上都能听得到。

　　年五更里，家里"呱嗒呱嗒"地响，肯定不行，不符合必须安静的要求。

　　烧火下饺子，就必须用好烧而且耐烧还不用拉风箱的柴火。

　　豆秸、芝麻秸、烟秸都挺硬实抗烧，但会"哔哔剥剥"响，人们便选择了高粱秸。可高粱秸也有节呀，于是，为了防止高粱秸燃烧时也发出爆裂声，必须把高粱秸劈开。

豆秸、芝麻秸、烟秸如果劈开烧，也行，但这些东西太短小，劈起来耽误工夫，不如劈高粱秸省力。而且高粱秸还含有"鸿运当头节节高"之意，大过年的，谁不想讨个吉祥呢？

那时种高粱的特别多，一到秋天，看吧，漫山遍野都是那高粱红红的穗子，燃烧着的火焰一样。一阵风吹过来，"沙沙"作响。高粱起伏，似波涛滚滚，一浪连着一浪。

等秋收完毕后，每家都一捆捆的，拥有很多高粱秸。

我们家要劈的高粱秸，爹早在收高粱捆高粱秸时就准备下了，都是细小的不直溜的，搁在猪圈顶棚上。好的高粱秸舍不得，要等到需要钱时拿到集上卖掉，换几个钱贴补生活所用。

现在，还有二十来天过年了，爹把准备下的高粱秸从猪圈顶棚上取下来，一捆捆放到院子里，搬把凳子，拿把镰头，将高粱秸一根根劈成两片。

每劈一根都是从底部开始。底部粗，好搁镰刀。

劈时不能硬劈，要掌握技巧。一般都是将镰刀插入高粱秸后，不停上下微微撬动着，冲前移动。劈的过程中，刀刃还要及时调整，使其基本保持在高粱秸中间位置。偏了就劈不整齐，甚至直接劈断了。同时另一只手还要配合握镰刀的手，迎着劈动的镰刀往上推高粱秸。这样，一根高粱秸"刺啦啦"，从根到梢一会儿两片了。

每回劈，爹都是利用一早一晚，或中午等空闲时间，今天劈一点儿，明天劈一点儿，积少成多。全劈完差不多得三四天。

有时，我和弟弟妹妹们也想试一试身手，爹却坚决不

让，怕我们掌握不好力度，刀刃划手上。每次他劈完后都把镰头搁起来。

劈好的高粱秸抱到上房墙根前，靠墙竖起来让太阳晒。除了窗户那儿怕挡光线不能竖外，围了长长的一排。

我和弟弟便每天把鞭炮搬出来，放窗台上——正好那儿是个地方。鞭炮必须晒，潮了声音沉闷，没有干燥的声音脆，皮也打不碎，甚至仅仅把两头炸开了，"突"一下，形成个鞭炮筒。

有时手痒痒了等不得过年了，我们会轻轻撕开鞭炮的包装纸，小心着从火药引信辫上拆下一个，把爹劈的高粱秸折下尺把长一节，牙咬着，扒掉上边的篾，得到高粱秸瓤子，炉子上点着，吹灭明火，到街上，鞭炮夹墙缝里，一手捂着耳朵，一手抻抻着高粱秸瓤子，点上放一个。

高粱秸瓤子放鞭炮非常好用，一根尺把长的，吹灭明火后能燃好长时间。那时很少有打火机，而划火柴或用香点又浪费钱，舍不得，我们就用高粱秸瓤子。

天阴，下雪了，爹到外面去了，娘在炕上忙着给我们做新衣，顾不上，我和弟弟妹妹们赶紧把劈开晒着的高粱秸一趟趟抱到院大门门洞里，等天好了再抱出去。

到年二十八九，高粱秸晒好了，捆起来放到灶房里，待过年烧火时用。

现在，很少有种高粱的了，风箱也早被淘汰了，过年劈高粱秸已走进历史，成为永远的记忆了。

剪窗花

吃过早饭，娘从炕头的箱子盖上拿过针线笸箩，要剪窗花了。

每年过年，娘都要剪窗花。

红纸早就买下了，两面都红的那种。剪子也专门磨过了，是到村里来戗剪子磨菜刀的磨的，扛着一条板凳，上面挂着磨石，还有盛水的小桶、小刷子什么的那种，刚进村就喊："戗——剪——子嘞——！磨——菜——刀——！"花了两毛钱。

自己磨不行，一是没有人家那样的专门的磨石；二是缺乏技术，技巧掌握不了，常常费了半天工夫，反而越磨越钝。

剪窗花的时候如果正赶上不上学，我会和弟弟妹妹们早早脱下鞋爬到炕上，等着看娘剪。

娘说："别挡着光啊！"我们赶紧冲东西两边挤了挤，眼睛直勾勾盯着娘的手。

拿一张红纸，娘略一沉思，问："先剪啥呢？"我立刻抢着答："老虎。"弟弟妹妹们则有的说蝴蝶，有的说兔子。

娘说："先剪一对喜鹊吧。过年了，喜鹊飞来，象征着一年中都会有好运气呢。"

"好！"我们答。

娘开始折纸，一下折过来，一下折过去，这样一折，再那样一折。开始的几个动作我还记得，可往后的，便分不清了。脑子里稀里糊涂的，还在那里熬糨糊呢，娘三折

两折，却已经折好了。拿起剪子，刀口咬到折好的纸上，"咔嚓咔嚓"开剪了。只见娘手里的剪子在折好的红纸上转过来、转过去，然后一抖搂，两只喜鹊在散落的三角形、菱形、圆形、方形等碎纸屑中，踩着满枝梅花伸头蹬腿，一下钻了出来。娘说："这叫喜鹊登枝。"迎着南边窗户上透过来的光，两手轻轻抻着，举起来让我们看。

哎呀呀，真是的呢！你看呐：两只喜鹊都长着长长的尾巴，活灵活现的眼睛，似乎真的就在那枝儿上跳动。蓦地，我们仿佛都听到了它们那"喳喳"的叫声。

我和弟弟妹妹们你传给我，我传给你，爱不释手。

说起来，娘的窗花手艺，是跟我姥姥学的。

我姥姥出生在一个大户人家，有着一双菱角一样的小脚，活到九十多岁。自小大门不出二门不迈，就在屋子里学女红。不单会描花绣朵，还会用指甲桃、明矾什么的打胭脂膏子。嫁给我姥爷时都带着使唤丫头。她的窗花剪得好，可惜那些窗花现在早已没了，要是保留下来，肯定会有一定的研究和收藏价值。

剪窗花，是我国古老的传统民间艺术，具有鲜明的农耕文化特色，有着简洁、古朴、风趣、夸张等特点。早在我国北朝时期就已经出现，到现在已有一千多年的历史了。唐朝时有一首诗就是专门写剪窗花的，名字叫《采胜》：

剪采赠相亲，

银钗缀凤真。

叶逐金刀出，

花随玉指新。

剪窗花讲究很多，要求下剪要准，行剪要稳，用剪要巧。剪出来要圆似月，尖似针，方似砖，缺似锯，线似须。

窗花的题材非常广泛，有人物啦，动物啦，亭台楼阁

14

啦，山水啦，还有戏曲故事《西厢记》《白蛇传》，神话传说"八仙过海""嫦娥奔月"等，很多。

小时候过年，家家都要剪窗花，贴在过年新糊的白窗户纸上，还有炕后面的墙上，既装饰了古朴的房子，又增添了生活的情趣，让年更加红红火火，喜气洋洋。

那时有个剪窗花的歌谣，我们都会。

小枣树，

弯弯枝，

枝上坐了个小俊妮。

小俊妮，

手真巧，

两把剪子一起铰。

左手铰朵芍药花，

右手铰朵灵芝草。

灵芝草上有个蛾，

扑哒扑哒飞过河……

不多会儿，一枚枚窗花从娘的剪刀下"走"了出来，有《连年有余》《小老鼠娶亲》《五子登科》……

娘手上一刀刀剪着，嘴里轻轻哼起了歌。娘不但能讲很多故事，还会唱很多很多歌，是小的时候跟着人家会唱的学的。

春季到来绿满窗，

大姑娘窗下绣鸳鸯，

忽然一阵无情棒，

打得鸳鸯各一方……

炉子上的壶盖"呱啦啦啦"跳着，阳光照射在密棂窗户上。外边的窗台上，晒着我和弟弟早晨摆上去的鞭炮。门子上方，纸破出个洞的地方，迎着阳光，有几缕炉子里

飘出来的淡蓝色的炭烟。

多么温馨，多么富有情趣的时刻呀！

我和弟弟妹妹们忍不住也想试着剪一剪。整张的红纸是不能动的，娘不让，怕我们剪坏了，浪费。只能用娘剪下来的小纸片，还有爹买东西带回来的包装用的草纸，我上学用过的旧作业本纸。

不过，小手捏着纸，怎么折都折不好，娘就停下来，手把手教我们，先从简单的开始，并指导我们怎么剪。

我们也剪出了自己的窗花，兴奋不已，也学着娘的样子，轻轻抻开，然后一抖搂。虽然还是些简单的，而且看起来也有点稚嫩，但却提高了我们做手工的能力，增强了我们对剪窗花这门中国传统民间艺术的认知。

后来，我喜欢画画，不得不说就与当年娘教我们剪窗花有着一定的关系。

到现在这么多年了，我还可以剪出小老鼠、小蝴蝶、五角星呐。

推　　碾

年三十前，家家都要备上好多粗粮、细粮的面食，好在初一到十五，甚至整个正月期间吃。小时候没有磨面的机器，推碾是免不了的。

一进腊月，碾坊里的碾就开始忙了，一天到晚"呼隆呼隆"地转个不停。碾小米的，碾地瓜干的，碾高粱的，碾豆子的，都有。有的背着布袋，有的端着簸箕，有的顶着笸箩，碾坊上一个紧挨着一个，排着长长的队。

轮到谁家，谁家就把要碾的东西摊到碾盘上，抱着碾杆推着碾砣子一圈圈地转。

我们家推碾往往都是吃过晚饭很长时间以后，或者早上天不亮的时候。白天，娘不是忙这，就是忙那的，顾不上。

以前农村里晚上吃饭都晚，差不多都在八九点。娘匆匆吃几口，拿着块窝头，到碾坊去了。我们围着锅头，"呼噜呼噜"喝粥。

不多会儿，娘回来了，说快点走，正好狗蛋家要推完了，后面没人了。我们这就赶紧放下饭碗，将灶台后面的油灯吹灭，端上，然后拿上簸箕、笸箩、罗床子，背上布袋，朝碾坊走。

有时娘则回来说，还排着好几家呢，今天就算了，明儿个一大早吧。我们就吃完饭，上炕睡觉。那时没有电视，夜里黑咕隆咚的，不睡觉，没别的事可干。

推碾的基本都是爹和娘，我和弟弟妹妹们帮忙，做些递笤帚啦、撑口袋啦、拾不小心掉在地上的地瓜干和豆子之类的活。有时我也推，手刚刚能搭上到胸口高的碾棍，撅起屁股使劲往前拱。

油灯在碾坊墙壁上的灯龛里，亮着昏黄摇曳的光。人影在碾道里一圈圈转，碾砣子在碾盘上滚。

推一会儿，碾盘上的粮食碾细了，娘把碾细的收下来，放到笸箩里的罗上，在罗床子上"咣当咣当"打罗，我就赶紧抱着娘空出来的那根碾棍使劲推，甚至千方百计要推着碾棍在碾道里跑，不过，一会儿就张口气喘了。幸好娘打完罗，又过来抱着我的那根碾棍推了。

不过，娘却不叫我下去，而是让我往里移一移，在里侧，跟她一起推。

不是娘不心疼我，是有意锻炼。娘经常告诫我和弟弟妹妹们，小孩子不能懒惰，要从小就勤快。

她经常给我们讲一个宝葫芦的故事。

说从前有一个小孩，从小没了爹，和娘相依为命。小孩非常懂事，天天替娘干活。冬天，天寒地冻，别的事干不了了，他就到山上打柴，除家里烧外，还挑到集上卖几个钱贴补家用。

打柴来回路远，有时顾不上回来吃午饭，每天临走前，娘就给他炒一小把豆子，装兜里，好饿时嚼一嚼充饥。

这天，他又来到山上。忽然狂风大作，昏天黑地，小孩赶紧捆上打的柴往家走。可走不多远，风更大了，不远处有一个破庙，他只好把柴背到庙门口走了进去，想暂时避一避。这时，乌云翻滚，空中"呜呜"作响，小孩害怕得实在不行了，看庙里空空荡荡的，无处躲藏，只好用力爬到庙梁上，躲了起来。

这时，几个人身猴子脸、似人又似兽的精灵蹦进来，就像中国四大古典文学名著之一《西游记》里的孙悟空。精灵盘腿坐地上，从包袱里拿出个细致、精巧的小葫芦，摇着说："葫芦开，葫芦开，送出馒头肉丸来。"地上果然出现了热腾腾的馒头和一盘盘的菜。小孩跟娘住在三间破草屋里，天天饥一顿饱一顿，还从没见过这么多好吃的，见精灵们大快朵颐，不由垂涎欲滴。忽然想起兜里有豆子，悄悄摸出一粒搁嘴里，尽管想轻轻地咬，还是"嘎嘣"一声。一个精灵大喊："快跑啊，梁要断了！"另一个精灵要拿宝葫芦，这个精灵喊："宝葫芦不要了！"精灵全跑了。

小孩在梁上待了会儿，见一直没动静，爬下来，出门看看，一个精灵也没有，琢磨着，宝葫芦精灵不要了，搁这里不可惜了吗？捡起来，背起柴回家了。

跟娘一说，娘想指定遇上宝贝了，拿起葫芦，按小孩说的边摇边说，破桌子上立刻有了雪白的大馒头和一桌子香喷喷的菜。

自此，小孩和娘天天干完活，到吃饭时不再做饭，而

是摇葫芦就行，过上了幸福生活。

此事很快被全村人知道了，都羡慕不已。

西邻一家也很穷，但特别懒。他们也有个跟这个小孩差不多大的小孩子，就叫这个小孩子到山上装作打柴，也想得个宝葫芦。

可这个小孩子到山上后，没砍下几根柴，就找个避风的地方躺下晒太阳，根本不真干活。一天，也狂风大作，开始的遭遇与那个小孩一样，不同的是，当这个小孩子咬一粒豆子后，精灵却没走，大喊："有人！"把小孩子拽了下来。说："好吃懒做，还想骗我们宝葫芦，休想！"把这小孩子搡出了庙门。

他只好两手空空，哭着回家了。

这虽然是个传说故事，却反映了一个道理，就是幸福的生活只有通过勤奋的劳动才能得到。

所以，娘经常对我们小孩子进行劳动锻炼，让我们自小就养成热爱劳动的好习惯。

辞　　灶

辞灶，也叫过小年。年二十三这天晚上，摆上糖瓜、柿饼、软枣等甜品，供奉灶王爷。

相传，在那浩渺无边、非常遥远的天上，有一个咱们人类用眼睛看不到的天庭，上面亭台楼阁、殿堂林立、金碧辉煌，有很多很多的神仙，他们吃山珍海味，饮琼浆玉液。天庭的最高权力者是玉皇大帝。灶王爷就是受玉皇大帝指派，专门到人间掌管各家各户灶火的一个神仙，每年的年二十三这天，要到天上去开会，给玉皇大帝汇报各家各户一年的情况，玉皇大帝将根据各家的表现，降祸或赐福。

之所以供奉甜品，就是想让灶王爷到天上后，在玉皇大帝面前甜言蜜语，多说好听的话。而这些甜品还都是黏的，为的是在灶王爷汇报各家的缺点时，把他的牙黏住，让他说不出话来。

对此，鲁迅在《送灶日漫笔》中曾写道："灶君升天的那日，街上还卖着一种糖，有柑子那么大小，在我们那里也有这东西，然而扁的，像一个厚厚的小烙饼。那就是所谓'胶牙饧'了。本意是在请灶君吃了，黏住他的牙，使他不能调嘴学舌，对玉帝说坏话。"

民间有一句歇后语：灶王爷升天——好话多说，就是由辞灶得来的。

挺好玩的吧？

供奉的灶王爷其实是一张木版年画，套色印刷在宣纸上，上面很多神仙，中间那个最大的就是灶王爷。他慈眉善目，胖乎乎的，感觉像一位亲切的老爷爷，一点儿都不像我们村西神庙里的那些，面目狰狞，叫人挺害怕的。年画一般不是潍坊杨家埠出的，就是天津杨柳青出的，再就是苏州桃花坞的，偶尔也有其他地方的。贴在灶房里。

每年一进腊月，就有到村里卖的了。卖灶王爷不喊"卖灶王爷"，而是喊"请灶末了"。背着一个大包袱。进村找个避风朝阳的地方，揭开包袱把灶王爷摆出来，袖袖着手，等待听到喊声或路过的人来买。包袱里不光有灶王爷，也有《福寿三多》啦、《五子夺莲》啦、《四季花开》啦、《门神》等别的年画，花花绿绿，非常好看。木版年画的特点就是颜色鲜艳。

有打算买灶王爷的，过来看看，相中了，仔细卷起一张，然后交钱拿走。交易中忌讳讨价还价，可能以为既然灶王爷是神仙，那么对神仙进行买卖，而且还讨价还价，属"大不敬"，玷污神灵。不过年年都买，彼此都知道价格。

辞灶时，要把旧灶王爷从墙上小心翼翼地揭下来，放在烧纸中，在供品前烧掉。一同烧掉的还有一张画了匹骏马的烧纸，意思是让灶王爷骑马上天。

最早我爷爷活着时，爹说曾专门有一张颜色已经黄旧、不知用过多少年的灶马画，辞灶时取出来挂在灶王爷旁。结束后再小心卷好，放进一个匣子里搁起来，留着第二年辞灶时再用。后来灶马画没有了，也没有卖的了，见不到了，每逢辞灶时，改为爹自己在烧纸上画一匹马代替。

灶王爷年二十三到天上去了，什么时间回来呢？年三十。

这天黄昏，把新灶王爷贴到灶房墙上旧灶王爷那个位置，还有一副对联，一般上联是：上天言好事，下联是：下界带福来。顶上贴上萝卜钱。然后摆上供品，点上烧纸，磕头恭迎，其中一张烧纸上要画一顶轿子烧掉，意思是让灶王爷再坐轿回来。

讲究挺多的吧？

这是咱们中华民族过年的一种习俗，也是一种历史悠久的文化。尽管各地在辞灶的一些细枝末节上千差万别，但总体都是一样的。

不过那时候，我们小孩子最关心的倒不是辞灶的习俗，还有灶王爷怎么来，怎么去，是骑马还是坐轿，而是那些诱人的供品，一直眼巴巴瞅着，就是跟着爹一起磕头时，也磕一下瞅一下，生怕一不留神，就被灶王爷一点儿不剩全都吃光了。

辞

灶

23

　　这些供品平时我们是吃不到的，刚买来时也是不能动的，娘说，灶王爷还没有吃，人就动，灶王爷知道会生气的，那就不好了。只有辞灶完毕后，才给我们每人分一点点，让我们尝一尝。剩下的，又都放进一个茅囤子，锁在上房桌子下边的那个橱子中，留待以后再吃。

　　茅囤子是从集上买来的，用茅草编的一个圆圆的容器，直径约二十厘米，高约四十厘米，上面一个严丝合缝的盖。但凡有点好吃的东西，爹都朝里藏，五块桃酥啦，一个脆瓜啦，两个菱角啦，等等。没有好吃的时，里面也放我们家那只芦花鸡下的鸡蛋，攒攒，拿到集上卖了，换钱称盐打油。

　　辞灶是要放鞭炮的，这当然没法与过年时相比，似乎只是个序曲，有待进入高潮，但还是从太阳衔山时就这家那家地响起，"噼噼啪啪"，一直到天黑透后一大会儿，才渐渐停息下来。

　　辞灶完毕，吃饺子。热腾腾的蒸汽中，感到年的脚步确实临近了，都可以听得到那"嚓嚓"的脚步声了。

　　现在，进入腊月后，村街上已听不到"请灶末了"的吆喝声了。偶尔年集上还有卖灶王的，但除非上了些年纪的老人，很少有人买了。

　　年年辞灶过小年的习俗尽管还在，却再没有那张有形的灶王爷木版年画了，岁月的更替，时代的变迁，已让它不再是贴在灶房的墙上，而是转身成为咱们国家的一个宝贵的非物质文化遗产了。

扫　尘

　　辞灶以后，从年二十四开始，一直到除夕，是"扫尘日"，家家都要把房子彻底清扫一遍。

　　为什么呢？

　　各地有不同的传说。

　　有一个故事，说以前咱们人身上有一个三尸神，这个神咱们人看不到，但很坏，动不动就向玉皇大帝打小报告说人间的一些坏话不说，有一次，竟还谎称人间有人存有忤逆之心，想背叛天庭，造天庭的反。玉皇大帝一听，赶紧派另一个神仙下界了解情况，如果真如三尸神所说，要求对于凡是存有不轨之心的，全都在其房檐下做上记号——蜘蛛网，等到除夕之夜，降祸灭门。三尸神见阴谋得逞，趁机偷偷给所有的人家都做上了记号。

　　多么凶恶呀！

　　这事儿凑巧被灶王爷知道了，吓了一跳，赶紧悄悄派人通知各家各户，除夕前一定要把房子都清扫清扫，但天庭的事儿他不能有一丝半毫的泄露，否则有违天规，要被惩戒，就说如果谁家不清扫好房子，以整洁的面貌迎接他，年三十他就绕开谁家。一旦遇上灾祸，一律不予以佑护。

　　转眼，除夕之夜到了，玉皇大帝派大兵来到人间，准备采取行动，但家家房子干净，房檐清洁，窗户亮堂，没有一个有记号的，只好收兵回去了。找下界查看的神仙一问，也根本没发现有什么要造反的事儿。人间消除了一场

扫

尘

临头大祸。

玉皇大帝对三尸神火冒三丈，下令将其革职查办，永久打入了天庭的监牢。

"扫尘日"就这么得来了。

以前，有的文人墨客还专门写过"扫尘日"的诗呢，比如清代文人蔡云就有一首：

> 茅舍春回事事欢，
>
> 屋尘收拾号除残。
>
> 太平甲子非容易，
>
> 新历颁来仔细看。

扫尘一般都在年二十四，因为越往后会越忙，怕顾不上。凡事最好要往前赶不是？当然，有的也会根据自家的情况，选在以后的某一天。

记得那时，年二十四吃过早饭后，娘会首先烧好一大锅水，然后我们全家一起把炕上的苇席揭出来，铺在院子里的地上，被子、枕头全抱出来放上，还有针线筐箩、笤帚疙瘩，然后桌子、椅子、凳子、盆盆罐罐，全都搬到院子里。

爹在一根杆子顶上绑上把扫地的笤帚，头上戴上苇笠，嘴上捂块毛巾，系到脖子后面，到屋里，抻抻着手，对房顶上、墙上进行清扫。因为屋是土坯的，冬天又生炉子，顶上用高粱秸勒的笆早被熏得黢黑，顿时蜘蛛网掉落，灰尘纷飞。

扫完后，出来待灰尘消散了，再趴到炕洞前，老鼠刨的土啦、破袜子啦、烂绳子头啦，全抠出来，掏干净。墙旮旯、瓮后面，也都掏好。接着将地上的灰尘全扫出来，铲到猪圈的粪池里。抽下炉子上的烟囱，拿到院子里敲一敲，和点黄泥，再抹好。摘下吊在燕子窝下边的破苇笠，刷净上面接的已经干了的那些燕子粪，重新吊上，准备清明过后燕子飞来时继续使用。

娘则擦拭搬到外面的桌子、椅子、柜子、花瓶、镜框。抹布脏了，到兑了碱的热水盆里洗净拧好。桌子、椅子上面的把手也不放过。

我和弟弟妹妹们擦拭镜子、梳子、小板凳，还有饭桌。

擦完桌子、椅子，母亲又兑好碱水，洗所有的碗、盘、调羹、筷子。

一切都收拾好，差不多整整一个上午。

再到屋里一看，确实感觉跟以前不一样了，干净了，还亮堂了。

待都洗完了手和脸，作为对我们小孩子的奖赏，爹打开桌子下面那个橱子上的锁，茅囤子里拿出辞灶时用过的糖瓜，分给我和弟弟妹妹们，我们都伸出手，围着爹，每人一个，爹和娘也一人拿了一个。我和弟弟妹妹们都舍不得大口吃。爹和娘也都一小口一小口地咬。

糖瓜，麦芽做的，扁圆，乒乓球大小，雪一样白，嚼起来黏黏的，既酥脆，又香甜，非常好吃。

很多年没有再进行过从前"扫尘日"那样的全家一起行动的大扫除了，村里老房子没有了，都成砖瓦的了，天天干干净净，过年只简简单单把窗户玻璃擦擦就行，而城里的楼房，打扫更容易。不过，每年一到腊月二十四，还是不由就想起那时的情景，还有那至今回想起来都感觉满口甜香的扫尘后的糖瓜。

糊　窗　户

二十五，糊窗户。

那时，家家窗户都是那种木制密格的，窗户不上漆，保持木头的原色，窗户上也没有玻璃，全都糊窗户纸。

我们家的自然也不例外。

窗户上的纸，自打去年腊月二十五糊上，整整一年了，三百六十五天，日晒雨淋的，挺脏了不说，有的地方还破了，过冬，怕进风，临时补上了报纸，因此，窗户上的格白一个，暗一个，如同一件打了补丁的旧衣服。不但不敞亮，也不好看。要过年了，屋也扫过了，窗户该重新糊一糊了。

它也要跟人一样穿身新衣嘛！

窗户纸爹已经买下了，这种纸白白的，跟作业本什么的纸不一样，不但柔软、韧性好，还非常透光，据说是专门用破渔网、树皮等加工制作的。贵倒也不贵，才几分或一毛钱一张，村代销点上就有卖。不过，要不是过年，平日里也没人舍得去买。

我们村有个代销点，在村中间小学旁的那个土坯小屋里。有针头线脑、油盐酱醋等日常生活用品。

爹把我们炒菜的铁锅洗干净，放上小半锅水，搁炉子上，然后从面瓮里用葫芦瓢子挖出点白面，一根筷子搅着，轻轻朝锅里撒，差不多像粥的样子，停了，搅着在炉子上咕嘟。

28

这熬糨糊也有技巧，不能稠了，稠了，窗户纸不容易糊均匀；也不能稀了，稀了，窗户纸糊不结实，甚至根本糊不住。得掌握好火候。

熬好了糨糊，爹把一把软软的小刷子放糨糊锅里，拿着小刀清理窗户上的纸。旧窗户纸不能硬撕，必须将撕和小刀割相结合，如果不怕耽误工夫，一格一格地割最好。因为如果将木格上的纸撕净了，新纸直接朝木格上糊，不容易糊牢、糊密实。而如果格中间的纸割不整齐，形成锯齿，新纸糊上，一透光，也会形成瑕疵，不仅不美观，外人看了会说这户人家做事不细致，潦草、马虎。

撕完了窗户纸，爹从新窗户纸里揭出一张，细心在窗户上比量，测出了新纸到窗格的位置，接着，用糨糊锅里的刷子朝窗格上刷糨糊。

刷糨糊一定要均匀，还要刷在窗户纸比量好的位置上。刷不均匀，纸糊完后，糨糊多的地方起疙瘩，刷不到的地方，有风时会灌进风去，"呼哒呼哒"响，特别是春天，风又大，格格上易积聚起尘土，不干净。而如果刷出了比量好的位置，再糊另一张纸时，容易不小心把纸弄脏，糊起来不方便。

所以，糊窗户纸看起来很简单，却是个非常细致的活。

刷好糨糊，爹先把纸的上沿轻轻粘上，不糊实，然后退后几步，看斜不斜，如果感觉不正，得进行调整，反复几次，直到合适了，从上往下轻轻捋，再由中间向两侧轻轻捋，然后压实。看起来板板正正，一个细褶也没有。

窗户和窗户纸是不一般大小的，到最后要裁纸，爹都是用尺子量好，做到窗户糊完后，不仔细瞅，看不出窗户

糊窗户

上纸与纸相互衔接之处，如同一张整纸一样。

糊门子也和糊窗户一样。不同的是，得把其中一扇门最顶上的那些小方格中留出两个，待清明过后，燕子飞来时，好作为燕子们打着羽剪飞进飞出的通道。

上房糊好了，爹端着锅拿着纸，再到偏房。

最后是灶房。

家里所有的门和窗户都糊上白白的新窗户纸了，娘会停下手里正做的活，拿出那些剪好的窗花，用锅里的糨糊还有小刷子贴窗花。主要是上房和偏房，灶房不贴。

这里《喜鹊登枝》，那里《连年有余》《三阳开泰》。紧挨着《八仙过海》的，是《嫦娥奔月》。炕里面的墙上，是花朵环绕的福字。

娘朝窗户上每贴一张之前，都是把所有的窗花看一遍，然后经过比较，从中挑出一张。

到最后，在两扇门子上，每一扇的正中，各贴上一个大红灯笼。

爹拿出新买来的年画，有木版的，也有机器印刷的。

从劈好的那些高粱秸里挑出些相对直溜且细一些的，剥净打高粱秸叶时残留下的皮，刀子截成一小段一小段的，捏几个鞋钉含嘴上，钉尖一律朝外，用一个，从嘴上取一个，往墙上钉年画。贴年画不用糨糊，因为墙皮不知几年才能抹上一次，怕把墙刷脏了。

先弄正面墙上的，然后侧墙。

正面墙上的，一般都是机器印刷的，侧墙上的，大都是木版的。

扫过的屋子，糊上新窗户纸，又贴上窗花，还有年画，多么新鲜，多么漂亮啊！怎么说呢，仿佛整个屋子一下子就有精气神了，充分展现出一副就要过年的样子了呢。

糊
窗
户

摊 煎 饼

在我们那儿，小时候过年，家家都要摊煎饼。

有的以小米为主，有的以高粱为主，有的以地瓜干为主。各家根据各家的家境而定，好粮食摊出的煎饼自然比不好的摊出的要好吃。但除了个别家境好一些的，基本不是地瓜干的，就是高粱的。

摊煎饼用的最基础的材料不是面，而是一种小颗粒，我们那儿叫"策子"，是把粮食放在碾盘上后压出来的。

策子压好后放进大盆，兑上适量的水浸泡。

当策子被泡开、泡透，然后用石磨磨。

石磨有旱磨和水磨之分，它们虽然从外观上看都差不多，里面的构造却是有区别的。旱磨磨面，水磨磨摊煎饼用的磨糊子。

早先，村里差不多家家都有一盘旱磨，好一点的，安在一间屋子里，有专门的磨坊；差一点的，就安在院子里一个不碍事的地方，反正石磨是石头的，又不怕日晒雨淋。平时需要磨半碗或一瓢子的粮食，就用自己家的石磨，只有需要磨的粮食多一些时，才到碾坊上去用碾压。

而有水磨的人家村里却并不多。因此，想用谁家的水磨磨摊煎饼的磨糊子，得提前跟人家说好。

一年中，不管水磨还是旱磨，什么时间磨都可以，唯独农历二月二这天不行，为啥呢？石磨上面不是有两个眼吗，说怕把"龙眼"磨坏了。不但不能动，还要在这天的一早，就把石磨的上一扇支起来，叫"龙抬头"。

挺有意思呢。

其实，石磨与龙有什么关系呢？但都这么做，久而久之，便形成了一种特有的二月二石磨文化。

我倒是觉得，一年之中石磨随时都在为大家服务，太辛苦了，人们就想方设法通过这种方式，专门给石磨固定放一天假，也好让石磨能够安心地歇一歇。

我们家磨煎饼磨糊子，基本都是到后边的一个大娘家。她家有一盘水磨，在西屋的前边。

把盛着策子的大盆抬到石磨前，所用的勺子、炊帚、水桶，还有盛磨糊子的大盆也都准备好，石磨上穿上两根磨棍，从盛策子的大盆中舀一些到一个小盆里，搁石磨顶上，就可以转动石磨推磨糊子了。

推时，有一人必须边推边朝石磨磨眼里舀小盆中盛的策子，必要时还要朝石磨磨眼里加水，防止磨糊子太稠，不好朝外流。都是由娘做。

磨好磨糊子，可以摊了。

摊煎饼是个技术活，也是个累活。

与滚煎饼不一样，摊煎饼不是在固定到一个锅头上的鏊子前，拿块和好的面，站着弯腰在鏊子上滚，有一个人专门烧火，而是灶房里就地支鏊子。这鏊子离地十五到二十厘米高，人得坐在鏊子前一个矮矮的蒲团上。两边，一边是盛煎饼的垫子，另一边是盛磨糊子的盆，还有耙子、勺子、油擦子等摊煎饼用的工具。一个人边给鏊子里添柴烧火，边在鏊子上摊。

先用在一个碗里放着、早被豆油浸透的油擦子将鏊子抹一遍，待鏊子烧热后，小勺从磨糊子盆里舀一勺倒在鏊子中间，接着拿起煎饼耙子，将鏊子中间的磨糊子由里向

摊
煎
饼

33

外、留声机上的唱针划唱片一样，一圈圈耙开，多余的划到最后，耙子顺势一带倒在磨糊子盆中，而如果不够，则赶紧再从盆中舀上一点儿。一般有经验的，一鏊子需要多少都有数，基本都是一勺准。

磨糊子摊到鏊子上后，还要用一个专门的刮子，在清水碗里蘸蘸，到鏊子上刮一刮，防止煎饼厚薄不均。刮完，给鏊子下燃着的火续柴。

烧煎饼鏊子不宜用硬柴，硬柴易把煎饼摊煳，树叶、高粱秸叶、玉米皮、麦秸、干草等最好。

续完柴，鏊子上的煎饼差不多了，用铲子转圈沿鏊子的边转着一铲，煎饼周边从鏊子上翘了起来，放下铲子，探身从鏊子那边两手捏着翘起的煎饼边，冲怀里轻轻拉过来，一张煎饼揭下来了。不过，这张煎饼并没有好，需要反着再扣到鏊子上，继续烤。待好了，才能取下来放到垫子中。接着摊下一个，程序与第一个基本相同，不同的是，用刮子把鏊子上的煎饼刮完后，要把上一张煎饼从垫子里拿出来，再盖在鏊子上的这张煎饼上，一来可以将上一张煎饼再烤一烤，确保熟透；二来可以使鏊子上的煎饼似有了一个盖，熟得快，省工夫，省柴火。

新摊的煎饼，揭一张卷根大葱，再抹上些黄豆做的酱或掭上些大油炒的豆腐渣，哎哟哟！那叫一个香哎，好吃极了。

以前，每当过年摊煎饼，都是我姨姥姥来给我们家摊。她是我娘的亲姨，比娘摊得要好。住我们村东南的一个村子，院大门前一块大石板，石板下一条流着细水的水沟，里面有螃蟹、虾、小鱼。

每回给她说好日子，她都是先放下自己家的活，老早就来了，捯着一双小脚。进门也不多客套，坐下就摊，到大半下午才摊完，满满一大垫子。她有腰疼病，平日里疼

起来都不敢直腰，鏊子前坐这么久，待站起来，更是弓弓着半天都缓不过来，自己咬牙捶捶，感觉稍好些了，收拾起带来的工具，回她那村去了，送都不让送。

煎饼摊好了，过年最基本的主食就有了。这些煎饼，再搭配上年糕、粗面馒头什么的别的主食，差不多能吃到过了正月十五，甚至还要远。

有时赶上天气暖和得早，煎饼会发霉，娘就在偏房里拉上细麻绳，像晒衣服一样，将煎饼一张一张搭在麻绳上晾。

现在，姨姥姥已去世好多年了，但每当回想起以前她年年过年给我们家摊煎饼的情景，还是令我们全家都感念无比，因为那不单单是一大垫子煎饼，更是沉甸甸的亲情与温暖。

摊
煎
饼

蒸　糕

　　早晨，娘从上房顶棚上拿下大红枣洗干净，要蒸糕了。

　　我们家有土坯老房子时，屋后面有一棵枣树，每年都能结很多大枣，到八月十五前后，枣熟了，红红的，一片。有熟透了的，被风一摇会掉落，我们赶紧捡起来。对此，娘还曾给我们讲了一个关于红枣的谜语，谜面至今还记得：

　　红姑娘，

　　　　坐高楼，

　　　　　　见刮风，

　　　　　　　　摇啦头，

　　　　摇着摇着就没了。

　　熟枣用杆子打下来后，娘会挑出些好一点儿的，搁盖帘上晒干，过年时蒸糕。

　　那时过年，我们家都要蒸一锅糕，我们村家家也都要蒸一锅，好吃解馋的同时，也图个吉祥，因为年糕与"年高"谐音，有日子过得年年高之意，寓意生活红红火火，一年更比一年好。

　　比如有诗写道：

　　　　人心多好高，

　　　　谐声制食品。

　　　　义取年胜年，

　　　　藉以祈岁稳。

　　再比如：

年糕寓意稍云深，

白色如银黄色金。

年岁盼高时时利，

虔诚默祝望财临。

蒸糕，在我们那儿除了用大枣外，再就是小黄米了。用这种米压的面，蒸熟了非常黏，适合蒸糕。蒸时，把小黄米面舀到盆里，再把提前洗净泡好、开水滚过又控水晾干的大枣放到面盆里，两手抄着轻轻翻腾，到大枣全都粘上面，翻腾匀乎了，好了。

然后拿温水缓缓往面盆里加，水的温度不能太凉，凉了黏性不够，会把面和软。也不能太烫，烫了黏性过大，不好搅拌，捏起来也费劲，四十摄氏度左右为宜。边加温水的同时，还要边进行搅拌，到没有干面了就可以捏了。

团起一块面，大小根据所蒸糕的大小而定，攥手里像捏窝窝头一样，转着一下一下地捏，到捏成一个中间带洞的糕，搁盖帘上。捏时，糕捏得越高越好。糕，"高"嘛，对吧？有讲究的。

然后，再在箅子上铺上煎饼或提前洗净泡好的玉米皮，一个一个放到箅子上。放时，糕与糕之间一定要紧挨着，不能稀稀拉拉或松松垮垮，稀稀拉拉、松松垮垮，虽然相互之间不易发生黏结，一个是一个，但蒸出来会全都塌塌着，饼子一样，根本不像个糕的样子，更失去了"年高"的美好寓意。

如果糕多，一锅虽然能蒸完，但又必须得紧靠着锅放时，要在靠锅的地方垫上白菜叶或别的不易粘锅的东西，将糕和锅隔开。

放好后，盖上锅大火蒸。不多会儿，蒸汽上来了，满院子的糕香。这是香喷喷的糕的味道，也是我们盼望已久

蒸

糕

37

的年的味道。

此时，我们往往会不断吸溜着鼻子，一次次跑进灶房里，看蒸好了没。红红的灶膛里的火苗，映着红红的娘的俊俏的脸。

大约半小时后，娘不再烧火了。取下头上顶的毛蓝头巾，抽打抽打身上，到上房歇约莫五分钟，橱子里拿出一个粗瓷大碗，水瓮里舀上水，搁灶台上，准备好盛糕的盖帘，掀锅了，嗬！满满一锅金灿灿的糕啊。

娘问围在旁边的我和弟弟妹妹们："高吧？"

"高！"我们齐声答。我们知道该怎么回答，此时不能说别的，就是蒸塌塌了，也得说高，否则不吉利。

"高吧？"娘又问。

"高！"我们再答。

我看到娘的脸上露出了欣慰的笑容，这笑容里有满足，也有希望。

清水碗里蘸蘸手，娘嘴里哈着热气，往外拾糕。此时，糕特别黏，还特别软，为了不把挤在一起的一锅糕拾得乱七八糟，娘都是拿把刀子，蘸上水将糕差不多像割豆腐一样，一方一方地沿着糕与糕之间的连接处割开，每一方六个。由于太黏，割一下，就得在水碗里蘸蘸刀子。割下一方，小心着取出，搁在铺了煎饼的盖帘上，晾。

我们的口水早就忍不住快从嘴里流出来了。

但第一方照例是不能吃的，娘托到一个瓷盘里，恭恭敬敬地放到了锅头后边风箱上面的那个搁板上。那边的墙上，是贴灶王爷的地方，尽管此时墙上已空了，灶王爷到天上汇报去了。

我们家每当做出好吃的，都要先供奉给灶王爷，除了蒸出的第一盘年糕，还有吃饺子时煮出的第一碗饺子，吃炸鱼时炸出的第一盘鱼，等等。

不光我们家，村里家家都这样，长期以来，村子里形成了一种虔诚感恩的神灵文化。

糕拾完后，娘从盖帘上挑一方拾得稍有点变形的，刀子蘸蘸水，给我们每人切下一小块儿，我们赶紧接过来，倒过来倒过去地在手里倒着，忍着烫咬一小口，既软又黏，还特别甜。

娘问："好吃吗？"

我们说："好吃！"

娘说："给我也咬一口。"

我赶紧把糕捧到正收拾盖帘上糕的娘的嘴边，让娘咬。

娘象征性地咬一点儿："嗯，香！"嚼一嚼，"咕噜噜"一咽。

蒸

糕

剃　　头

那时，过年之前必须要剃头。

剃头还没有现在这么先进的电动理发推子等工具，就用一把折合式刀子。

每到年根儿，有专门到村里来剃头的剃头匠，挑着一根挑子，一头是燃着劈柴的炉子，上面搁着黄铜洗脸盆，洗脸盆里的水冒着一缕缕的热气，很烫的样子，炉子上方还有一个架子，上边搭着毛巾，挂着条下边有个把手的荡布；另一头是把木制凳子，凳面长方形，凳身下宽上窄，呈梯形，其中的一边，自下而上有好几层抽屉，黄铜把手，拉开，里面盛着刀子、梳子、剪子、肥皂等剃头用品。

有一个现在还在普遍使用的歇后语：剃头挑子——一头热，就这么来的。

听爹说，早先剃头匠进村，不吆喝，一手拿一根一尺来长、分开两道叉的铁条，叫"响头"，另一只手拿根小铁棒，冲铁条分叉的缝里往上一挑，会发出"棱——"的响声。后来，"响头"没了，就挑着挑子，找个墙根放下挑子，拢拢炉子里的劈柴，在那里等待。

有剃的，过来坐那个梯形凳子上，剃头匠把白披布"刷拉"抖开，给围到脖子上扎好，拉开刀子，拽住荡布上的把手，在荡布上翻过来覆过去"嚓嚓"磨几下，问清想剃的头型，"噌噌"开剃了。

洗脸盆里虽然有热水，一般没人洗，大街上太冷，不如回家自己洗一洗，暖和还干净。但有刮脸的，热毛巾焐一焐，毛刷在脸上刷一脸肥皂沫，雪白。

村街上人多，赶上正好有空没事儿做的，往往扎堆聚在这里，相互扯闲篇儿，山南海北啦，秦皇汉武啦，没有固定话题，扯到哪儿算哪儿。

剃一个一般一两毛钱，剃头匠拉开那个凳子上的一个抽屉搁进去，贵倒也不太贵，但大都舍不得，除了爱美的青年人，基本都是自己在家里剃。

过年为什么要剃头呢？有很多传说，最普遍的是"正月不剃头，剃头死舅舅"。

吓人吧！

既然这么严重，都到了能死舅舅要人命的份儿上，头自然必须在年前剃好，省得一个正月里都不能剃，头发长长的，不利落。否则，谁也不敢去拿剃个头与死舅舅打赌啊，万一呢，是吧？

当然，这是迷信。可从前人们大都接受不到教育，文化水平低，都信，邻村就有因为外甥年前忙没顾上把头剃好，过年一头长发到姥姥家，被舅舅看到后，当场翻脸了的，据说从此这舅舅再不让外甥上门了。

其实，剃不剃头与舅舅的生死又有什么联系呢？主要就是想通过剃一剃头，一身清爽、干干净净地进入新的一年，过年了嘛，就得有个新气象，抬头见喜，万事如意。

不光男的剃，女的也要把头发剪一剪修一修。

娘都是临近年根儿底下，或一早，或中午，有时甚至是晚上，抽空到村西北角上一个大娘家，让这个大娘给剪。这个大娘长得白白净净，脾气非常好，因为家里的大爷在外面当工人，属全村都羡慕的有"公家人"家庭，生活当

剃

头

41

然要比其他人家稍好一些。记得有时娘带着我去，大娘会拉开抽屉拿出几块糖。

我和弟弟的头，都是爹剃。爹有把折合刀子，平时刮胡子。有时我也偷偷削铅笔。

这把刀子用的时间长了，有的地方已有小小的豁口，本身又不太锋利，尽管每回剃前，爹都是先在我们家猪圈旁的那个旧牛槽上磨一磨，但感觉还是不是剃，而是在一绺绺地给往下薅，疼得头朝脖子里直缩。而缩头会影响剃的，搞不好刀子还会割破头，爹就摁着我的头不让动，特别不舒服。冬天剃和夏天剃还不一样，脖子暴露在外边，冷！刀子也冰凉冰凉的，朝脖子上一搁，禁不住就会叫人吸口凉气，让爹在炉子上烤烤再剃，爹还不烤，说烤了就不快了，更薅。因此，每回剃前，爹都是哄我半天，而我也总是推三阻四，直到最后实在躲不过了，才磨磨叽叽坐在板凳上。

爹给我披上件他穿破的褂子，刀子在我的头上开始移动，问："不疼吧？"

我说："不疼。"

其实，刀子根本还没剃到头发上。不过我刚说完，就感到头发被薅了一下，禁不住喊："疼！"可喊完后，又不疼了，不过才要松一下气，又疼一下。就在这疼一下停一下，停一下疼一下中，头被剃完了。我像卸下一个沉重的负担，爹更像卸下了一个沉重的包袱。他收起刀子舒口气："总算给你剃完了，还不够费劲的。"

有一年，爹为了给我剃头，答应我如果把头剃好了，就带我去照张相，这可是一件非常奢侈的事，因为这之前我还从没照过相。农村里也很少有人舍得破费去照张。受照相的鼓舞，我咬着牙没喊疼。

爹还真带我去照了，他坐着，我站在他一旁。照相师傅让我们睁大眼睛："笑一笑，再笑一笑。"然后"噗"地闪了下灯。这是我第一次照相。后来那张照片却不知搁哪儿去了，再也找不到了。只记得当时我穿的是一件青色的棉袄，围着爹那条驼色的围脖，至于什么颜色的棉裤，还有什么样的鞋，已经不记得了。要是留到现在，有空了看一看，肯定会勾起许多关于童年的美好回忆。

剃

头

43

做 豆 腐

做豆腐，也是小时候过年家家都要做的一件非常重要的事情。

日子是年二十五，也有提前或推后那么几天的。

相传，这天是玉皇大帝到人间进行考察的那么一个日子。

灶王爷年二十三那天，不是吃好糖瓜、柿饼等供品，骑马离开人间启程到天上给玉皇大帝汇报去了吗，玉皇大帝听完关于人间烟火情况的汇报，决定离开他的金銮殿，悄悄到人间实地查看查看。于是，人们为了让玉皇大帝多给人间赐福，便家家都吃豆腐渣，以示日子过得非常清贫，好博得玉皇大帝的同情和照顾。

年二十五，就成了家家做豆腐的日子。

据考证，这豆腐是西汉刘安发明的。刘安是谁呀？这个人可不一般，他是汉高祖刘邦的孙子，汉文帝十六年（公元前164年）被封为淮南王。他怎么还发明了豆腐呢？从前，很多人不是都相信有长生不老术吗，因此炼丹成风，那些达官显贵、有钱有势的人，都期盼有那么一天能够烹制出一种神丹妙药，然后服用了，让青春永驻，生命永不终止，永享荣华富贵。刘安贵为淮南王，自然也不例外。有一次，他在炼丹过程中，无意间将豆浆、石膏掺在了一起，误打误撞让一种新的东西产生了，品品，味道还不错，豆腐的原始形态——豆腐脑就这么形成了，当然，这还不是严格意义上的豆腐。后来，人们对豆腐脑进行改良，渐渐形成了豆腐。对此，明朝罗颀在《物原》中有所记载。李时珍在《本草纲目中》中也写道："豆腐之法，始于汉淮南王刘安。"

朱熹，宋朝著名理学家、思想家、教育家、诗人，是唯一非孔子亲传弟子而享祀孔庙，位列大成殿十二哲者中，受儒教祭祀者，他曾专门写过一首豆腐诗：

种豆豆苗稀，

力竭心已腐。

早知淮王术，

安坐获泉布。

做豆腐，最少不得的一种东西就是卤水。因为只有卤水才能将豆浆中分散的蛋白质凝聚到一起，形成豆腐脑。

所以有"卤水点豆腐——一物降一物"这个歇后语。

卤水的种类有很多，最常用的是盐水卤和石膏卤。盐水卤的主要成分是氯化镁，石膏卤的主要成分是硫酸钙。各地根据不同的口味和习惯，做豆腐选择的卤水各不相同，我们那儿做豆腐主要用盐水卤。

每年过年做豆腐，娘都是先把大盆洗净，将推碾压碎的黄豆搁里边，放上水泡，时间大约一天一夜。这期间，要经常观察所泡黄豆的变化，因为泡不开或泡过了，都将影响出浆率。

黄豆泡好了，磨豆浆。

所用石磨形状与磨面用的旱石磨和磨摊煎饼用的磨糊子的水石磨相似，原理也相同，但却是有所差别的。首先，磨豆浆的磨选择的石材是不一样的，这种石材非常细腻；其次，磨豆浆的磨要小很多；再次，磨的运转方式也不同，磨豆浆的磨不是推，而是用一个专门的箅梁子，架在用于

做豆腐的锅上，拿拐杆拐，叫拐磨子。

拐磨子也两个人，但其中的一个人不拐，只弯腰站在磨旁，负责往磨眼里一勺一勺地舀泡好的黄豆，同时用左手握着拐杆，给拐的人助力。另一个人站在离磨约两米的地方，握着拐杆拐。

拐杆从拐的人这头看，呈倒T形，那一横，是拐磨人握的两个把，一竖，是拐杆，拐杆那头，朝下与拐杆垂直着有一个销子，插到磨上扇一旁的一个鼻子中。握拐杆的人得在朝磨眼里舀黄豆的人的助力下，才能将磨转动起来，然后借助惯性，磨杆一拉一送，拐着磨转。拐杆长度也有讲究，在两米左右，短了没法拐动；而长了又会多费力气。

拐磨是个力气活，都是爹拐，娘扎条破床单，站在磨旁舀黄豆。

拐完了磨，用一块既透水又抗挤压的布过滤豆浆，叫"摁包"。过滤时，必须摁着布中的豆浆反复揉搓，直到把豆浆尽最大可能地都过滤出来。

最后剩在布中的是豆腐渣，倒在盛豆腐渣的盆里。

豆浆过滤完，将在锅中的豆浆烧火加热。所用柴火不是树叶、杂草等软柴，也不是煤或木棒子等硬柴，而是豆秸、芝麻秸、高粱秸等既不软、也不硬的柴。

看到豆浆开始沸了，停住火稍待一会儿，爹端着一个兑好了卤水的碗，用炊帚梢蘸蘸卤水往锅里点，边均匀而又轻轻地点，边不时拿勺子在锅里搅动，观察卤水的火候，不能欠，更不能过。欠了，豆浆聚不成豆腐；过了，豆腐苦不能吃，浪费了。到勺子轻轻转动起来，凭经验感觉锅里有些稠了，停止点了。

剩下的卤水爹都是单独搁到一个安全的地方保管好，防止我们小孩子误饮，否则，会有生命危险。

卤水点完后，盖上锅，煮大约半小时。

其间，爹和娘在地上放好一个大盆，搁上那个磨豆浆用的箅梁子，上边放上一个四周和底部均有小孔可以透水的方形木托盘，铺上过滤豆浆用的布，并将布抻抻，让四周都探出一部分。

这时，锅里好了，用水瓢舀进铺好了的木托盘中，把探到外边的布拉起来，系好，上面盖上与木托盘配套、正好扣进木托盘的一块木板，压上盛豆腐渣的盆，过会儿，豆腐就做好了。

娘将豆腐切成块搁盆里，过年吃。

豆腐渣捏成一个个的窝头蒸熟，做饭时拿一个，小铁锅里舀上一调羹盛在四鼻子小罐里的猪大油，熟好葱花，搁里边炒一炒就饭吃，一家人围着灶台，满口生香，粗瓷大碗里的地瓜粥喝得"呼噜呼噜"响。

好多年没再吃过了。这是小时候过年的事了。

煮猪蹄冻

天还没亮，爹就起来，紧紧扎在腰上的围脖，打开门一头扎进了寒风里，他要到肉食店去买几个猪蹄。

昨天早晨就去过一次了，没买上。

小时候生活困难，日子过得紧巴，过年吃不起那么多肉，爹就买几个猪蹄煮一煮，做成猪蹄冻，我们家当肉吃的同时，也招待过年来走亲戚的客人。

到太阳一竿子多高，吃早饭的当儿，爹回来了，还是没买上。买的人太多，排了老长的队，等轮到爹的时候，正好又卖完了。爹把猪蹄票从兜里掏出来，搁到桌子后边的条几上，炉子口上搓摩着冻得冰凉的手说："明天早晨再去。"

今年卖猪时，人家给了张油印的票，盖着肉食店的章，凭票可以买一个猪头或六个猪蹄，也可以买一副猪肠子。那时，商品不像现在这么丰富，想买啥买啥，而是十分匮乏，买什么东西都得用票，买煤用煤票，买自行车用自行车票，买缝纫机用缝纫机票，买布用布票，到饭店吃饭用粮票。没有票，有钱也买不到。

第二天九点多钟，爹回来了，这回没空手，网兜里提着五个猪蹄，我们小孩子和娘早就盼着了，都兴奋不已："噢，买来了，买来了！"我和弟弟妹妹们拍着手跳跃。娘接过爹手里的网兜说："赶紧歇歇吃饭吧，看这一趟趟跑的。"

爹也非常兴奋："想买六个，可只有这五个了，五个就五个吧。"他又摸出那张票，抻抻，放到了桌子上的抽屉里。

"没要票吗？"娘问。

爹说："他们拿笔在正面用圆珠笔画了一个圈，背面写上了'欠猪蹄一个'，并盖了章。还可以再买一个。"

爹吃了饭，开始收拾猪蹄。从橱子里拿出一个镊子，一下一下择猪蹄上残存的猪毛。五个猪蹄子全都择一遍，感觉还是不干净，又一个一个用筷子夹着放炉子口上烧，"吱吱啦啦"，炉口上顿时飘起缕缕的黑烟，满屋子一股烧焦的猪毛和猪皮味。

烧完了，爹拿一个盆，将猪蹄子放里边，瓮里舀上水浸泡，过会儿，换次水继续泡。中午吃饭时，再换一遍。下午，把盆里泡的猪蹄子拿出来，用刀刮刮，然后用斧子劈成两半。晚饭后，搁大锅里添上水拉风箱煮。开锅后捞出猪蹄子，用水冲洗冲洗，锅里的水舀出来，换成清水，水量以能泡过猪蹄子为宜，再把猪蹄子放进去，烧火煮。开锅后将葱、姜，还有纱布包好的一个盛着八角、茴香、桂皮等的调料包放进去，换成细火焖。

早晨起来，锅里还非常热乎，猪蹄子已经稀烂。爹把料包捞出来，撇掉锅里面浮着的油脂，捞出猪蹄子，剔上面的肉。

因为平时很少能吃到肉，所以爹一掀锅，我们小孩子马上就垂涎欲滴地围到爹的身旁，看着爹捞出猪蹄子剔，都恨不得从剔出的肉上抓一把，放进嘴中大口咀嚼，或干脆从锅里摸出一个，两手抓着直接用嘴啃。爹知道我们馋，说："别着急，我给你们剔。"紧着慢着地剔出一些，用一个盘子盛上，让我们端到上房去吃。我们像一群小鸟，立

煮猪蹄冻

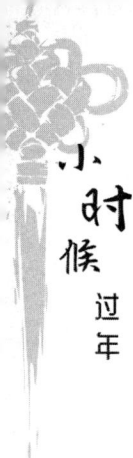

刻"哄"一下跑上房去了。

爹将猪蹄子剔干净，把肉切碎，又放进锅里的肉汤中，放上酱油、盐再煮，还是开锅后焖。好了后，撇净上边的油脂盛在盆里，端到没有炉子的西屋，盖上盖帘，压上东西，防止落进灰或猫闻到后偷吃。

等到冷却后，猪蹄冻就出来了。

形状有点像现在小孩子都爱吃的果冻，晶莹剔透，玛瑙一般，十分诱人。

从盆里割一块出来切一切，放入盘子，将大蒜用蒜臼子捣成细泥调好拌进去，搛一块进口，既不油腻，又十分开胃，可佐餐，又可当酒肴。

切上葱丝，放些香菜末，倒点酱油调一调，味道也不错。

吃法很多。

记得我姥姥和姥爷最爱吃我们家做的猪蹄冻，说入口即化，味道鲜美。我姥爷吃时，还爱往里放香油，说点上一点儿香油味道更鲜。

因此，我们家每回做出来后都要给他们送一些去，成为小时候每年过年前，送给姥姥、姥爷的一份特殊的礼物。

蒸 馒 头

小时候过年，记得自打过了二十三后，家里天天热气蒸腾，爹和娘不是蒸就是煮，日子虽然清苦，但过得有滋有味。我们小孩子也蹦蹦跳跳，十分开心。

煮完猪蹄冻，娘又蒸馒头了。

那时过年，家家都要蒸馒头。馒头有粗面馒头和白面馒头。粗面馒头以地瓜面为主，我们那里叫卷子，掺一点白面。白面馒头纯白面。粗面馒头蒸出来自己吃，白面馒头留着走亲戚和给过年来走亲戚的客人吃。

粗面馒头和白面馒头在制作上有点相似，但又有所不同，粗面馒头是将面做成一个成人胳膊粗细的长条，然后用刀切成一个个长方形上锅蒸。而白面馒头则要将长条面揪成一些剂子，再揉成一个个的圆形。

都得发面。

发面用引子。娘都是看谁家馒头蒸得好，到谁家淘换引子。

引子是干的，回来娘在面板上用擀面杖压碎，放在碗里泡泡，然后倒在盆里，兑上些面调成稠糊状，搁在暖和还又不太烫的地方，让它长一长。

我们家炉子旁边，有一个连接炉子和墙那边烟囱的小火炕，娘都是搁在小火炕上，盆口盖上盖帘，再捂上一个干净的大棉袄。

朝小火炕上放之前，娘都要先用手试一试火炕的温

度，凭经验，感觉合适才放上边，如果不是很热，就朝炉子近一点的这边放，如果热一些，则朝炉子远一点的那边放，要是还很热，干脆放在跟火炕相连的我们睡觉的炕上。

搁在火炕上后要勤观察，见里边有气泡了，面长起来了，倒进大盆添上面加水和好，再搁火炕上醒，待醒好了，从盆里掏出来放面板上揉。

揉面需要力气，反复进行揉搓，用劲越大，揉出来的面越筋道、越好；否则，面会松松垮垮，吃起来也不香。

娘都是让爹揉。爹挽起袖子，抓着面的两头，边朝两边拉边在面板上"啪啪"摔打，将面拉得老长，然后搁面板上，这头朝中间一折，那头朝中间一折，两手使劲摁着揉，完了再拉。如此反复好多次，直到把面揉好。

娘把揉好的面切下一块，放板子上做馒头，剩下的再放盆里，盖上盖帘，防止面皮干皴。

都是先蒸粗面馒头，一来粗面馒头蒸得多，得好几锅，不像白面的，两锅就行了；二来可以通过蒸粗面馒头，为蒸白面的提供些经验。白面要比粗面金贵得多，一旦面发不好，或发过劲了，蒸出来不是硬，像个石头蛋，就是酸酸的没法吃，那就麻烦了。

每当娘揉馒头的时候，也是我和弟弟妹妹们最开心的时候，我们会围到面板周围，伸出小手，悄悄从娘放在面板上的面上，这个揪一小块儿，那个揪一小块儿，学着娘的样子，也跟着在面板的一角揉搓。尽管娘一再阻止我们，说小孩子不能玩面，但我们虽然嘴上答应，手上却依然紧着慢着地忙个不停，一会儿把面团成圆圈，一会儿搓成长条，你捏个小鸟，我捏个小猴，他捏个小人，各人发挥各人的想象。面团，成了在我们手中千变万化的魔方，直到玩够了为止。

娘把馒头做好，放在盖帘上醒醒，然后一个个拾到锅里烧火。待锅盖上有了热气，停住火再醒，过会儿掀锅盖看看，感觉行了再大火蒸。

约二十五分钟后，停火，待五分钟掀锅，一锅非常好的粗面馒头呈现在面前，来回倒着手拾出一个，掰下一块搁嘴里尝尝，暄腾、筋道而又有微微的甜香，特别好吃。

娘蒸白面馒头，要比蒸粗面馒头上心，因为粗面的自己吃，白面的则不同。面板上揉馒头，不是像蒸粗面馒头那样，把面揉成长条，然后用刀一刀刀简单一切，而是真正做成面剂子，面板上一个个摁着揉，完了，还要瞅瞅是否周正。

揪面剂子就凭感觉和眼力，先揪出一个看看，大了，揪些下来，小了，再添上一点儿，然后以这个为标准。如果个别面剂子揪得感觉还有点大或小，揉时再弥补一下，确保蒸出来的馒头拿眼一瞅，都像一个模子里倒出来似的。

特别是蒸另一锅时，一定要掌握好，不能蒸出来后跟这一锅的大小不同，两个样子。这需要经验和技术。

蒸完馒头，娘都要再蒸一锅白面糖三角。

过程是把面剂子做好后，不是揉成馒头，而是擀成包包子那样的面片，里面挖上一调羹红糖，包成三角。

红糖不是纯红糖，而是兑了部分白面。全用红糖，舍不得。

蒸出来后，咬一口，红糖稀稀的，甜甜的，特别香。

过年蒸糖三角，基本都用红糖，很少有用白糖的，过年了嘛，图的就是个红红彤彤，吉祥、喜庆。

一般到蒸完糖三角，得年二十七八了。

粗面馒头放在垫子里或筅子中，做饭时馏着吃。白面馒头、糖三角则在晾好后，一个一个拾到空面缸里，上边盖上盖帘，以免干皮或开裂。

至此，过年要蒸的东西就全部蒸完了。

我们盼望已久的年也到来了。

蒸馒头

脱 煤 坯

　　娘忙着蒸馒头的时候，爹得脱煤坯。

　　那时候，每年过年前，我们家都要脱十来个煤坯，放在上房东侧前的空地上，晒干后过年烧。

　　以前生活远没有现在这么好，记得冬天都穿上棉衣、天气非常非常冷了，家家才不停朝手上哈哈着热气，拉来煤生炉子。煤也不是好煤，全是乌黢黢的，没有一点儿光泽的那种。好煤贵，买不起。火不旺不说，烟还特别多，乌乌的。那种烟，黑里透着黄，刺鼻子呛嗓子，特别难闻。煤里面也没有一点儿煤块，全是些煤面子。

　　生炉子，都是先把煤面子按比例掺上土，用水和成煤泥，我们那儿叫"搭火"，然后用铲子铲到炉子里烧。

　　我们家都是把煤泥放到一个铁皮斗子里，搁在炉子右侧顺炉子烟囱的那个小火炕下。小火炕下专门砌了个洞，搁斗子正好。这样显得屋里整齐，还不占地方。

　　和煤泥用的土，要到我们村后面的山沟里去取。一般入冬前，家家就用独轮车或挑子运回来了，晒好捣碎，堆在一个不碍事的地方，什么时间用什么时间取，免得冬天上冻后，再到沟里去抠，费劲不说，也太冷，要是碰上下大雪，冰天雪地，那更麻烦。

　　这种土，红色的，与我们村洼地里的褐色土不一样，黏性特别好。夏天每当雨后，我们一些小孩子会光着脚丫，有的干脆光着屁股，到沟里每人抠出一坨，揉揉和成泥团，捧到村中心十字路口旁的那些石头上，选一块平整的，摔泥巴玩。方法是每人从自己的泥巴团上取下一块，捏成碗状，用一只手托着，朝上举起，然后猛地翻过来朝石头上一摔，因为重力和空气的作用，泥碗的底部会被鼓破，同时发出"啪"的一声。

　　我们要的就是那个鼓破的效果，还有那声闷闷的声响。

　　以前小孩子没有什么东西可玩，不像现在的小孩子。除了滚铁环，弹杏核，还有翻花绳，即将一根线两头系好，其中一人用两只手把线撑起来，别的人你变换个样子撑过去，我变换个样子撑过来。再就是男孩子打弹弓、用高粱秸当枪大街上有做八路军有做鬼子的打打杀杀，女孩子打

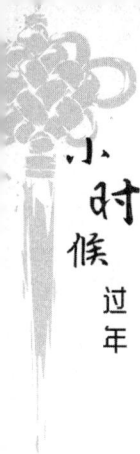

沙包、用瓦片在地上画上几个方格"跳房子"了。

摔泥巴也有技巧，必须掌握好，一是得把碗底捏得尽可能薄，这样才容易鼓破，鼓破的面积也大；二是摔时一定要端平，确保整个碗口齐着与石头撞在一起，使碗能完全兜住风，否则，稍微一偏，泥碗指定响不了，会"噗叽"一下瘫在石头上。

泥巴碗没响的，要从自己的泥巴上揪下一块交给响了的，大小以捏成薄泥饼后，能堵上响者泥碗上所炸开的窟窿为准。

不断摔下去，直到一个个的，把自己的泥巴都给了赢者为止，虽然抹得胳膊上、胸膛上、脸上全是泥，但我们却玩得十分开心，这么些年了，记忆犹新。

乡下的小孩子，原先为什么叫"泥孩子"，想必与玩泥巴不无关系。

煤泥放进炉子中，从烤干到燃尽，时间缓慢，燃的时间自然会长一些，能使煤得到节约，但散发出来的热量不高，火的旺度也不行。过年了，拜年的、来走亲戚的人来人往，炉子不旺，屋中冷飕飕的肯定不好。特别是年三十晚上，不像平时，一到晚上就将炉口用煤泥封死，不到半夜炉子就熄了，而是要彻夜燃烧，以期用炉膛里跳跃的火苗，还有屋中热烘烘的温度，助旺未来的日子，让新的一年有个吉祥的开端，那么，将煤泥脱成煤坯，晒干烧煤坯，就成为一个非常好的方式。

怎么脱呢？首先，和煤泥的煤土比例要跟平常有所不同，平常一般都是一铁锨土，三铁锨煤，这时要把煤增加一些，到三铁锨半，甚至更多一点儿；其次，用脱子将煤坯脱好后，晚上要盖上草，防止结冰，把煤坯冻酥；最后，一旦煤坯凝固能动后，要及时将煤坯立起来，互相支成

"人"字形，使煤坯尽快干透。

到我十来岁能使用铁锨后，每回脱煤坯，差不多都是爹和好煤泥，蹲在地上拿脱子脱，我用铁锨朝爹脸前的脱子里铲煤泥。那个脱子看着不大，里面却能盛好几铁锨煤泥，得反复几次才能填满。爹待我将煤泥填满后，用抹子抹平，并从旁边的一个水盆里蘸点水，将表层抹光滑，然后抓着脱子两头的提绳，使匀劲轻轻将脱子提起，一个煤坯就好了，跟脱土坯一样。事实上，脱煤坯的脱子，就是用来脱土坯的，木头的，长方形。

煤坯脱好后，爹还要在煤坯四周搁上些砖块、木头，防止我们小孩子不小心把煤坯踩坏。不过，我们倒是注意了，家里的芦花老母鸡却不管，常常爹刚把煤坯脱好进屋，回头，老母鸡便走进去，在煤坯上踩出一个个竹叶一样的脚印。

煤坯干透后，爹会全都搬到我们家西偏房里，到年三十，小火炕下煤泥斗子里的煤泥换成煤坯了，炉火特别旺，烟囱里都能听到火苗蹿动的响声，"轰轰"的，屋里也比往常暖和了很多，好像连炉子也知道过年了似的，感觉心情舒畅，特别带劲。

写 春 联

　　过年写春联、贴春联，是咱们中华民族的一个传统习俗，已有悠久的历史。

　　宋代大诗人陆游曾专门作过一首写春联的诗——《除夜雪》：

> 北风吹雪四更初，
> 嘉瑞天教及岁除。
> 半盏屠苏犹未举，
> 灯前小草写桃符。

　　"桃符"就是春联。

　　据说，春联最早是由桃木板演变来的。

　　相传，桃树下面有两个神，这两个神专门管理各路鬼魔，哪个鬼魔如果不老实，做出孽事，他们就把哪个鬼魔拿下，然后扔给猛兽，让其成为猛兽的美餐。因此，秦汉以前，每逢过年，人们为了驱鬼避邪，吉祥平安，就找两块桃木板，分别描上两个神的像，工工整整地挂在大门的两边，叫"桃符"。唐宋八大家之一的王安石，在《元日》一诗中曾写道：

> 爆竹声中一岁除，
> 春风送暖入屠苏。
> 千门万户曈曈日，
> 总把新桃换旧符。

　　这两块桃木板多大呢？《后汉书·礼仪志》中有记载：

六寸长、三寸宽。

到五代十国时，有一年过年，后蜀主孟昶觉得，年年在桃木板上描神像太乏味，没多大意思，便别出心裁，让一个大学士把"新年纳余庆，佳节号长春"这两个句子分别写在两块桃木板上，中国第一副春联，就这么诞生了。后来，经过慢慢的发展和演变，纸张出现了，因为桃木是红色的，用红纸替代，"桃符"也改称"春联"了。

小时候过年，买不起春联，村里识字的又少，能写春联的更是寥寥无几，因此，每到过年，能写春联的那几户人家，便去了好多求写春联的人。有的人因为忙，没顾上去求人写，或年年求人家写感觉不好意思再去了，过年就把红纸裁裁，直接在门上贴红纸。爹说，他小时候过年我爷爷就经常这么贴。

记得那时，爹去求人家写春联，都是提前买上盒烟揣兜里，到人家家里，摸出来放桌上，然后小心着告诉人家裁好的红纸中，哪副是大门上的，哪副是上房门上的，哪副是灶房门上的，等等。人家暂时停住毛笔，拿着墨块，边在石砚上不紧不慢地研着，边看着爹一副副揭给人家看，然后告诉爹，放箱子顶上吧，年三十上午再来取，接着低头继续写。有"一夜连双岁，五更分两年"啦，"忠厚传家远，诗书继世长"啦，"向阳门第春常在，勤俭人家庆有余"啦，"天增岁月人增寿，春满乾坤福满门"啦，等等，基本都是固定的老词。现琢磨耽误工夫，来不及。

每年临过年的时候，村街上便不时有拿着红纸到能写春联的人家去，或从能写春联的人家拿着写好的春联出来的人。

我上小学四年级时，有了毛笔字课，每周一节，叫

写春联

"写仿"，先把字帖垫在能透过字来的那种专门的大方格本下，按照老师讲的握毛笔的要领和点、撇、捺、勾的运笔技巧，一笔笔跟着描，老师认为描得好的，批作业时，会在这个字的旁边用红笔圈个圈。描得差不多后，老师不叫垫字帖了，而是在黑板上用粉笔写几个字，叫直接在方格本上写，先简单的字，然后复杂的字。

到我上五年级的时候，临过年时，爹说，你都在学校练毛笔字这么长时间了，今年过年写春联，咱不求人家了，自己写。我挺忐忑的，从来没写过，怕写不好。爹说，别写错就行，好点孬点不要紧，字不都是练的吗，慢慢就好了。

爹提前买了红纸，怕我写错，还多买了一张作为预备。那时，我们家已买了一台木壳收音机，"红灯"牌，就在我们上房那张老式桌子的左后角放着，上面盖块花毛巾，有一天晚饭后，收音机里说要以记录速度播送新春联，我赶紧拿出本子，就着油灯记录了一些。

春联纸爹已提前裁好，我写时他在旁边给我研墨，让我别紧张，我琢磨了琢磨，决定还是先写横批试试。横批是四张正方形的红纸，一个字一张，对角写，如果写坏一张，不影响别的。为了把字写正，避免东倒西歪，我把四张纸摞在一起，叠上了方格印，然后拿过一张，蘸蘸爹研的墨，写下了"五"字，左右瞅瞅，又写了"谷"，接下来是"丰"和"登"。爹说："这不挺好吗？"说着，拿到了炕上，晾。我又取过与这副横批一组的那副春联纸，轻轻展开叠上方格印，写上联、下联。每写完一张，爹拿走一张。不到一个半小时，我们家所有的春联全都写完了。那年，我十四岁。贴出来后，正楷的毛笔字一笔一画，黑黑的，衬在鲜红鲜红的大红纸上，特别鲜艳。出来进去，往门框上瞅一瞅，就像小说处女作得以在知名杂志上发表一般开心。爹从此对我说话，也不再是命令一样，而是像对成人似的以商量的口气，我感觉自己忽然间长大了不少。那时我还没有钢笔，舍不得买，过年走亲戚，竟悄悄在左上衣口袋别了一支圆珠笔。从那以后，我们家写春联，再没求过人。而且，第二年，村里还有人拿着红纸到我们家，叫我给写春联，记得我写了五家。每来一个，爹都笑哈哈地接待，还给人家泡上茶，陪着坐在炉子旁烤着火拉呱①。

此后，直到十八岁我坐火车离开家，才换成了弟弟。

写春联

① 拉呱：山东方言，指闲谈、聊天。

回　　家

　　以前，每当临近过年，特别是到年二十八九，村里的人就忽然多了起来，大街好像窄了，显得比日常要拥挤。

　　时不时地，大街上会传来类似于这样的寒暄：

　　"回来啦五侄子？"

　　"回来啦。忙啥去呀二婶子？"

　　"去窖子里拾点萝卜。放几天假？"

　　"七天。过了初五就走。"

　　那时，甭管多远的，也甭管是在哪里，只要能回来过年的，都千方百计、风尘仆仆地赶回来，为的就是聚在一起，全家人年三十吃那顿团圆饭。

　　家就是家，是游子黏稠的乡愁的根源，外出打拼者魂牵梦萦的温馨港湾，尽管当时还不怎么富裕，甚至有点贫穷，既没有好酒，也缺少大鱼、大肉，但只要年三十全家人在屋顶下围着那张热腾腾、充满亲情味儿的饭桌，就是幸福和欢乐。

　　这些人，有的是在外边上学的，有的是在外边当工人、修水库的，有的是在外边赶着马车给生产队跑运输挣钱的，有的是在外边参加民兵训练的，还有个别的是在外边当兵的。

　　他们一律比村里的人穿戴得要整齐，一律比村里的人头发梳得要顺溜，也一律比村里的人脸上洗得要干净。

　　村里的宣存，我该叫他叔，老早就没了娘，他爹拉扯着他们兄弟五个过日子，生活非常困难，常常饥一顿饱一顿，天天破衣烂衫，上边组织在南边的一座大山里修水库，给了我们村一个民工的名额，村里派了他。他是秋天走的，大雁排着"人"字队形抻抻着长脖子"嘎咕嘎咕"南飞的时候，推着独轮车，上边搁着一把铁锨，还有他的被子、吃饭的碗筷。

几个月后，水库工地上放假过年，他回来了，衣服洗得干干净净，头发剃得整整齐齐，脖子里还塞了一条雪白的毛巾，街上跟碰见的人打招呼，村里人一下子竟认不出他了，疑惑着，咦哟，这还是那个宣存吗？咋跟换了个人似的呢，感叹，外边跟村里就是不一样啊！

给我印象最深的是送存叔，他在济南军区某部当兵，过年回来了，穿着崭新的绿军装，帽子上别着红五星，领口上缀着红领章，"一朵报春花，两枚红枫叶"，站在小学那里的十字路口旁，兜里揣着香烟，有抽烟的路过，掏出来递过去，划火给点上，然后相互寒暄。我觉得他特别有出息，也特别英俊、潇洒，还特别有风度。他高个子，喜欢打篮球，回来就招呼村里的年轻人打篮球搞比赛。

一队牛棚前有个土篮球场，坑坑洼洼，篮球架除了篮筐和钉子，全都是木头的，他领着村里的年轻人在那里热火朝天地打，白衬衣扎在绿军裤中，带着球跑来跑去，运球、上篮、投球，姿势优美，成为一道靓丽的风景。

不光在我们村赛，年初一吃完饭拜完年，还领着一帮年轻人，抱着篮球跑到南边的村子，跟人家赛。我们一帮小孩子"呼啦啦"跟着。那个村跟我们村人口差不多，也是个小村，赶紧临时组织人，在村北那个四周基本都是玉米秸秆垛的篮球场上，展开了激烈而又友好的对抗。不过，

回
家

尽管对方是主场，打得也非常积极和投入，终归架不住我们村送存叔投球投得准，最后还是输了五分。

给我印象比较深的还有徐鸾姐，她是梁老师的大女儿，在华东一座大城市工作，一个我们小孩子感觉十分遥远的地方，扎两条小辫，圆脸，一笑脸上一边一个酒窝，长得有点像电影《英雄儿女》中英雄王成的妹妹王芳。

梁老师，是我们村小学的公办老师，也是唯一的老师。她有一个儿子、两个女儿。梁老师住在学校里，教一、二、三三个年级，每个年级十几个学生，东西竖着摆一溜课桌，三个年级三溜课桌，都在一个教室中，每溜课桌六七张。有一年年二十九，徐鸾姐放假回来，到学校她妈这儿过年，给我们家送了十个元宵。是回来的当天晚饭后送的，当时她头上戴着一枚从耳朵这边到耳朵那边的半月形发卡，穿着那种有点夹克形式的蓝色工作服，元宵用一块新手绢包着，告诉我娘是生的，煮了才能吃，然后介绍怎么煮，煮多长时间，等等。边说，边放在了娘从碗橱里端出来的一个粗瓷大碗中。

她没有坐，站着说了几句话就走了，那笑模笑样却印在了我的脑海中。

　　她刚走，我们几个小孩子立刻围到那个盛元宵的粗瓷大碗前，就着昏黄的油灯，看元宵是什么样子，因为我们那里过年过节都是吃饺子，从不吃元宵，正月十六也不吃。我们那儿不过正月十五，过十六。以前偶有听说，一直没见过。娘也没见过。她送走徐鸾姐后，回来把炒菜的铁锅洗洗，舀好水放炉子上，烧开后把元宵放了进去，感觉就像放进去一些小小的乒乓球。不多会儿，锅开了，然后，元宵跟着在锅里滚动。

　　估摸到了徐鸾姐说的那个时间，娘把铁锅从炉子上端了下来，我们几个小孩子立刻每人端一个碗，围着铁锅高高矮矮蹲了一圈。娘把我们的碗一个一个接过去，每接一个，舀上一个元宵，还有一点儿汤，然后递过来。我们立刻端着碗，坐到板凳上或桌子旁的椅子上，瓷调羹把元宵舀起来，放在嘴前吹吹热气，吸溜着轻轻地咬了一口。娘说："别烫着！"但我们已经顾不得了，感觉黏黏的，甜甜的，软软的，非常好吃，可惜每人就一个，几口便吃完了。

　　那是我们第一次吃元宵。

　　后来，梁老师在我们村病退，住了一段时间，搬走了，到她城里的儿子那儿去了。那次送元宵后，也再没见过徐鸾姐。

回
家

给军属扫院子

"咚咚咚，咚咚咚……"

小时候，每到除夕的前一天早晨，刚吃完早饭，村小学那里便会如期传来有节奏的锣鼓声。这声音铿锵有力，振奋人心，特别喜庆，我们知道，我们小学生要集合起来，到烈、军属家去扫院子了。

因为年年如此，放寒假前已经安排好了。

那时，我们村有一户烈属，户主叫宗科，我叫他爷爷，浓眉毛，大眼睛，住村小学东边，生产队仓库旁，他的哥哥宗美爷爷1943年在广饶的一次战斗中，壮烈牺牲。县志上都有记载。

除了这户烈属，还有好几户军属，他们有的孩子在海军当兵，有的孩子在陆军当兵，有的孩子在空军地勤当兵，天南海北，兵龄有长有短。

我赶紧扛上我们家竖在影壁墙后面的那把大扫帚，朝学校走去。

学校门前已聚集了部分小学生，有的举着红旗，有的扛着铁锨，有的拿着扫帚，有的拿着抹布。

时间不长，全都集合好了，梁老师吹着哨子，我们戴着红领巾，排着整齐的队伍，打着红旗，扛着铁锨、扫帚，敲着锣，打着鼓，沐浴着明媚的阳光，朝烈、军属家走去。

每到一家，我们有的给贴春联，有的给擦光荣牌子，有的给扫院子，有的给铲垃圾，有的给院子里洒水，有的给抹桌子、凳子、镜框子。

春联是提前就写好的，糨糊也是在来之前，在梁老师的铁皮炉子上熬出来的。

先贴院大门。

把残存掉色的旧春联撕掉，然后刷上糨糊，工工整整地摁上新的，一般都是"军民团结如一人，试看天下谁能敌"等。红纸特别长特别宽，字也特别大，十分壮观，烈、军属家，成为我们村最早贴上春联的人家，满门喜气，满院春色，十分光荣，非常自豪。

往往，烈、军属一听到锣鼓声从胡同口响着过来，就笑呵呵地出门迎着了，又是夺我们的扫帚，又是夺我们的铁锨，叫进屋暖和，说别把我们小孩子给冻坏了，他们自己扫就行。有的还拿出葵花子或软枣、花生，给这个让那个，但我们谁也不要，只顾着忙。

院子里扫完了，我们还扫院门外，大街上一直扫出老远。

贴好春联，扫好院子，我们又到上房，给烈、军属老大娘和老大爷捶背，点烟袋锅。那时，如果家里没什么事情，一般舍不得买盒烟卷，抽烟就抽自己用小学生用过的练习本卷的喇叭烟，上了年纪的则抽烟袋锅。烟袋锅黄铜的，玉石嘴，木头杆，上面吊一个黑色的油渍麻花的烟荷包。抽前，先把烟袋锅伸到烟荷包内，摁着挖悠上碎烟，然后小心着拿出来，摁一摁烟袋锅上的烟再点。抽完了，朝鞋后跟上"啪啪"地磕磕烟灰。

就在有的给烈、军属老大娘捶背，有的点烟袋锅的时候，别的一些小学生则排好队，在屋地上唱歌：

"我爱北京天安门，

天安门上太阳升。

伟大领袖毛主席，

给军属扫院子

指引我们向前进……"

声音非常稚嫩，但唱得十分投入，也十分认真。

烈、军属老大娘和老大爷笑得合不拢嘴，直说："好！好！"

除了唱歌，还说快板，也说"三句半"。

四个小学生，敲锣的，打鼓的，一人一样工具，先在屋地上敲打着转一圈，然后从第一个开始，前三个人每人说一句，后面的一个说半句。

"锣鼓一敲上台前。"

"我们四人来宣传。"

"要问节目什么名？"

"三——句——半。"

"咚咚咚咚"，接着敲打着转一圈。

因为我们小学生女的会打花杆，男的会打花棍，有一年我们给烈、军属家扫院子时，还打着花杆和花棍，女的在前，男的在后，女的发辫上都系着红绸子，男的头上都扎着白毛巾。梁老师在前面吹着哨子，我们跟在后面，踩着哨子的节奏。花杆是细竹竿做的，每头串两个铜钱，绑一朵红缨子，甩起来，一道道的红弧，不停从空中划过，铜钱"哗啦哗啦"响。花棍则是两根涂成半截红、半截白的尺把长的交警指挥棒那样的木棍，"啪啪"敲起来，有节奏地响。我们边打，还边按照梁老师的哨声和手势变换队形，一会儿串过来，一会儿串过去，一会儿走三步退两步。

特别是在每一户烈、军属门前，我们往往要表演十几分钟，引得满街筒子挤满看热闹的人。一些还没上学的小孩子，跟着我们从这家到那家，鼻涕冻得从鼻子里流出来都不知道，一脸的羡慕。

穿 新 衣

终于到年三十了。

早晨起床，娘从箱子里拿出我们小孩子的新衣服，一一递给我们，让我们穿。有的一条新棉裤，一顶新帽子；有的一件新棉袄，一双新鞋，没有谁从头到脚全都是新的，家庭经济困难，没有那个条件。不过，我们小孩子已经很满足了，都兴高采烈地拽拽衣角，抻抻袖子，为过年能穿上件新衣服而欢喜。

衣服和鞋，都是娘自己做的。

为了省钱、省布票，娘年年都自己防线织布。

生产队里种棉花，但不分，集体卖掉赚钱了。棉花柴分，上面带着一些未开或稍微开一点点的棉桃，娘在院子里把棉花柴靠墙放好，晒，然后把棉花从晒开的棉桃里一朵一朵摘出来，跑到镇上弹好，纺线。都是利用空余时间。记得常常忙到深夜。

一辆纺车架在屋地上，娘右手摇着纺车，左手牵着用棉花搓成的棉条，盘腿坐在蒲团上，一棉条一棉条地在那里抽拉着。往往，我睡一觉醒来，纺车在"嗡嘤嗡嘤"地响，再睡一觉醒来，还在"嗡嘤嗡嘤"地响。

那时，只把纺车的"嗡嘤"声当成我们小孩子甜睡的催眠曲了，却根本没有体会到娘作为一个母亲的艰辛。现在，每当我给娘上坟，站在她的坟前，望着上面的那一蓬蓬荒草，想起小时候的事情，忍不住就会眼里含满泪花。

穿
新
衣

69

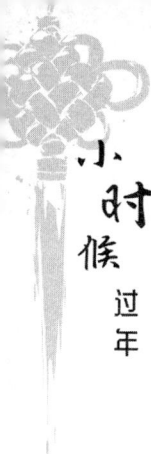

世上只有妈妈好!

线纺好了,娘把线从线穗子上一个一个录到桄子上,跟别人合伙,一起请来师傅,到场院的一个宽敞地方,把线捋起来,浆好,挂到织布机上,一梭一梭地织。

织布机是木头的,现在已很少见到了,一个长方形的架子,上边有桄子、综、柱等物件。娘坐在织布机的这头,把梭从经线的这边扔到那边,织一下,再从那边扔到这边,织一下。梭是枣木的,油光水滑,中间一个长长的洞,藏着一个线穗子,里面出来的线一梭一梭地织到布上,成为布上的纬线。

布织好后,娘到商店买来颜料,用旧铁锅烧水,撕开纸包,放进颜料,折根树枝挑着布,在里面翻来覆去地染。

做衣服也是利用空余时间。粉笔在布上画好线,剪子铰下来,一针一线地坐在油灯下缝,亮晃晃的针尖,不时举起来,头发上磨几下。

没钱买扣子,就把布条缝成疙瘩,钉上做扣子。

做鞋则先将一些旧衣服上没破的布一块块撕下来,洗净,晒干,把晒干的榆树皮用碾砣子压成面熬成糨糊,然后在一块平整的木板上,一层糨糊一层布地把那些破布拼得像七巧板一样,待晒干后,比上鞋样子,铰出鞋底和鞋帮,纳鞋底,缝鞋帮,然后上到一起。

做鞋是个技巧活,也是个细致活,鞋底和鞋帮必须非常吻合,马虎不得,稍差那么一点儿,不是上不到一块儿,就是上起来后歪歪扭扭,不美观不说,穿上也不合脚。

娘是个针线活方面的好手,她做出来的鞋非常精致,鞋底上,麻线纳出的针脚大小一致,十分匀称,跟用模子刻的一样,乍一看,很像落在鞋底上的一片细密枣花,还横成排,竖成行,斜成溜,怎么着都是一条直线。鞋穿脚上，既不挤脚，又不逛荡，那个舒服，你就自己琢磨去吧。村里的一些嫂子、婶子，都爱来找娘提鞋样子，向娘讨教其中的技巧。

我们也都爱穿娘做的鞋。

有一年，娘给弟弟做了双新鞋，可由于忙得顾不上，到年三十我们都穿上新衣服、新鞋了，弟弟的这双鞋还只上好一只的一半，急得弟弟拉着娘的衣角"新鞋新鞋"地直哼哼。娘一会儿剥葱，一会儿剁白菜，一会儿切姜，一会儿和面，忙得脚不沾地，对弟弟说，娘晚上给你做，保证耽误不了你初一早晨起来穿。还和弟弟拉钩："拉钩，许愿，一百年，不许变。"但弟弟还是不放心，过不多会儿就对娘说："别忘了给我上鞋呀？"娘说："忘不了，娘给俺根俊记着呢，啊？"弟弟小名叫根俊。

吃完了年夜饭，弟弟把针线笸箩从箱子盖上替娘搬到炕上，让娘给他做，可娘还要包全家早晨起来吃的饺子，还是顾不上，把弟弟急得呀，一会儿看看盆里和好的面还剩多少，一会儿瞅瞅面板上的剂子，看还有多少没包。

等娘忙完了，盘腿坐到炕上，端过煤油灯，拿起鞋上鞋，已经很晚了，夜里十一点多了。到十二点，放完鞭炮，我们都困得睡下了，弟弟却一直不肯进被窝，跟着娘坐在她的旁边，看着娘上鞋，头困得一点一晃，东倒西歪，然后，实在不行了，靠在娘的身上睡着了，娘给他披上件棉袄。

到一点来钟，两只鞋终于都上起来了，娘叫醒弟弟试了试，正好。弟弟睡了，娘把新鞋摆到弟弟的炕头前，也吹灯躺进了被窝，不过，刚迷糊不多会儿，村里这里那里的，鞭炮声便响成一片，家家起来过大年了。娘赶紧起来到灶房点上火，准备下饺子。

　　怕弟弟的鞋还有不合适的地方，娘让灶里的火自己燃着，来到上房，想用线锤子再把鞋给捶捶，可要命的是鞋子怎么也找不到了，悄悄叫醒爹，两人端着油灯四处里照，炕洞底下，瓮旮旯里，老鼠窝旁，别说鞋了，影子都没有，连院子里都找了。娘看看爹，爹看看娘，都十分疑惑，大年夜里的，奇了怪了。时辰不等人，眼瞅着该下饺子，全家人一起过年了，爹让娘先别找了，赶紧烧火下饺子，又怕弟弟起来一看没了新鞋哭闹，不吉利，他们商量着，打算弟弟起来后哄他说，过完年给他买双球鞋。弟弟一直盼望能有双球鞋。

　　饺子下锅前，娘叫我们起床，拍弟弟的肩膀时，弟弟一翻身，感觉他好像抱着个东西，娘掀开被子一看，是那双新鞋。

　　年三十穿上新衣后，爹和娘什么也不让我们干了，就让我们一会儿家里，一会儿街上的跑来跑去地玩。妹妹们踢毽子，玩沙包，我和弟弟每人拿一截高粱秸穰子，点着放鞭炮。炮仗舍不得整支点，从火药引信辫上小心着拆下几个，装兜里，过会儿摸出一个。

有一回，炮仗放完了，高粱秸穰子没点完，我把火在地上摁灭，舍不得扔，放进了棉袄兜里，准备下回再用，没想到火慢慢又着了，把我的棉袄烧着了，可我只顾玩了，却不知道，朝家里跑时后面跟着一溜烟，到街上抱柴火的爹问怎么回事，我一看，才发现棉袄的兜已被烧穿了，爹赶紧把我的棉袄扒下来，攥着烧着的地方，跑到水瓮旁往里一摁，火才灭了，棉袄右兜处烧出个鸡蛋大的洞。娘找出做棉袄剩下的一块布裁裁，费了将近一个小时，才把洞补上。

那是件新棉袄，早晨刚穿上的，我心疼得呀，直想哭。娘却安慰我："不就是个袄兜吗？明年娘给你做件新褂子套上，谁还再掀开褂子去瞅棉袄啊，照样新嘎嘎的。"

过年放鞭炮，我再也不把熄灭后的高粱秸穰子朝兜里装了。

穿
新
衣

炸　　菜

　　年三十上午，要炸些菜，准备过年时吃。主要是丸子、肉蛋、鱼。

　　丸子是豆腐的，爹把几个馒头扒掉皮，捏碎掺到里面。娘剁上葱、姜，撒上盐、五香粉。

　　炉子里，爹已放上了煤坯，火特别旺。

　　娘把炸丸子的料在盆里调好，爹腰上扎条破床单，胳膊上戴副袖套，端过炒菜的铁锅放炉子上，倒进用弹棉花弹出来的棉籽换的棉籽油，用一个小铝勺从盆里挖上一勺，待油烧到一定温度后放进锅中，"刺啦"一声，油锅里顿时翻腾起琥珀色的浪花，悠悠的丸子香，不多会儿便弥漫了整间上房，并飘出来，在院子里游荡，然后翻越墙头悄悄跑到了大街上。

　　娘把一个垫子铺上两张煎饼，搁在碗橱旁的一个大盆上，端着一个盘子，拿筷子在油锅里翻，没炸好的，拨到锅中间，炸好的，夹到盘子里，待盘子中差不多满了，倒在垫子中。

　　从第一个丸子挖入锅内，我们几个小孩子就围在了炉子旁，眼睛一眨不眨地盯着，观察着丸子颜色的变化，心里琢磨着这个该熟了，那个差不多能吃了。

　　娘知道我们的小心思，待最早搛到盘子里的端到灶房贴灶王爷前的那个搁板上祭祀一下后，凉得也差不多了，端过来搛给我们每人一个，我们赶紧伸出小手，用手心接着，然后跑到街上，躲在一边吃。

这样的丸子平时很少能吃到，只有过年时才有，因此舍不得大口，都抿着小口一点一点地咬，慢慢在嘴里品咂，而且也不一次吃光，吃一点儿，攥手里玩一会儿再吃，手指头都要"吸溜吸溜"吮一吮。

等吃完了跑回家，爹和娘开始炸肉蛋了。

猪肉已提前切好了，在一个盘子里，每一块都花生米大小，裹肉的面糊也已在一个花瓷盆中搅好。

娘从锅里夹出最后一个丸子，爹端起锅拢拢炉子里的火，并添上几块煤坯，接着从盘子里搛一块肉，放面糊里滚一滚放进了锅中。

我们这里，过年或结婚少不了肉蛋，它是酒席上的一道大菜，所以出去坐席不叫坐席，叫"去吃肉蛋"。

将那种用线串着的东北干蘑菇，拿剪子铰掉根，温水泡开，淘净里面的泥土和细沙，锅里的油烧热后，放进些肥肉片炒炒，炝上葱花，添上水烧开，下入蘑菇，稍炖片刻，再放入炸好的肉蛋，还有泡好的粉皮，同时把澄清的淘蘑菇水也倒进锅中滚一滚，放上盐、调料，就可以了。盛到碗里端上桌后，大伙儿都用调羹抢着挖，喷喷香。

小时候我也最爱吃。

不过，现在已不是什么稀罕物了，也很少有人再做了，生活条件艰苦时吃不起肉，只好把肉裹上面糊炸炸充数，生活条件好了，直接吃肉了，谁还再耽误那工夫，把肉裹上面糊用锅去炸呀？

去年春节，爹说好多年没吃了，馋了，炸了一碗，但尽心费力地做出来后，却没有人肯用勺挖，只舀了点汤尝尝，他也只吃了一个，不再吃了，说不是原先那个味道了，一点儿也不香了。一碗肉蛋，扔了可惜，让我们几个孩子每

炸

菜

人带几个，回家掺到别的菜里，炖一炖吃了，总算没浪费。

肉蛋一般不炸熟，反正还要下锅滚，免得费火。

娘见我们又围在了炉子旁，特意让几个肉蛋在锅里多滚了一会儿，然后搛出来，盘子里凉了凉，分给我们。还是一人一个。我们赶紧又伸出小手，接过来跑出去了。

炸菜真好呀，刚吃完了豆腐丸子，又吃肉蛋了，不重样儿不说，还都那么香，感谢过年呐！

我们再回去时，爹和娘已经炸完肉蛋开始炸鱼了。

鱼是那种腌制过的干鲅鱼，上面有很多细细的盐粒，前几天爹从村代销点买回来的，从中间劈成两片后的其中一片，大约一斤重，一根细细的纸绳拴在尾巴根那儿，爹用一根手指头钩绳提着。

炸前，娘先用刀刮干净上面的盐粒，横着将鱼切成一根根比筷子还要细、且长度差不多都在三厘米的鱼条，再挂满面糊放入锅中。

为了让鱼显得大，跟炸肉蛋一样，挂的面糊特别多，乍看上去块头不老小，实际里面的鱼没有多少。

鱼香要比豆腐丸子、肉蛋浓郁多了，邻家的花猫都闻到立刻赶过来了。

我们也紧盯着锅里那些翻着油花的诱人的炸鱼。怕鱼咸齁得慌，每人撕了一块煎饼，拿在手里等待着。

娘把炸好的鱼搛给我们小孩子每人一块，我们立刻伸过煎饼接着。"小心别烫着呀！"娘冲我们喊。我们已经跑出去了。

我的鱼里有一根大鱼刺，上面的肉全吃干净后，我一直捏着，过会儿吮吮，舍不得扔。毕竟，一年之中，我这才第二次吃。

上一次吃是夏天。公社电影队来放电影，村里在麦场给放映员做饭，有炸鱼，也是鲅鱼。保管在炸的时候没注意，过来一只芦花鸡，从凳子上盛炸鱼的盘子里啄上一块跑了。馋得蹲在旁边的我们一帮小孩子，立刻追着鸡撵，一会儿往东，一会儿往西，一会儿拐上水渠，一会儿跑进玉米地。就在我们张口气喘、跑得乏力的时候，没想到鸡忽然窜回来，在我旁边把鱼一丢，跑了。我立刻把鱼捡起来，回来交给保管。保管却说："你要吧。"我以为听错了，看着保管。保管说："给你了。"真的哎！我一下拿着鱼跑家里去了。

那回那块鱼大，娘让我放到碗橱里的一个碗中，吃晚饭时，我们全家人每人都咬了一点儿尝了尝。

这次吃，离上回足足有半年了呢。

鱼刺被吮得没有一点儿咸味了，我还不肯扔，最后干脆放嘴里咀嚼，边嚼边吸溜里面的汁液，怕被扎着，急得嘴撇撇着，一扁悠一扁悠，以此吃净鱼刺里最后那一点点残存的鱼香，那种感觉，只有经历过那个年代的小孩子才能深深懂得，一生都不会忘。

炸
菜

收拾院子

 农村住户的院子，院墙是土坯的（有的干脆篱笆墙），院子是土的，里面除了梧桐树、杏树、榆树、枣树、楸树或香椿树，就是柴火垛、独轮车、锄、镰、锨、镢、绳套、鸡窝、兔子窝，平常忙得顾不上打扫，只简单用铁锨铲铲鸡粪、猪粪，拿扫帚划拉划拉眼皮子底下那些碎草，年三十了，要过年了，得仔细清扫清扫。

 院子也要一身清爽过大年呢。

 爹和娘都是安排在炸完菜后。此时天也比早晨暖和些了。

 先熬锅糨糊，爹端着贴春联，院大门、上房门、偏房门、灶房门、猪圈门，一个门都不落。上联、下联、横批，爹贴春联十分仔细。撕掉旧春联，刷上糨糊后，先从一副春联中挑出上联，门框上瞅量瞅量，将上边轻轻摁上一点点，然后从凳子上下来退到远处，看正不正，几番调整后，才用娘扫炕的笤帚，由上往下从中间到两边地赶着压匀、压好。

 贴好春联，再贴上萝卜钱。"平安即是满堂福，和乐便为长寿春。""春入华堂添喜色，花飞玉座有清香。"顿时，红红的春联上边，萝卜钱在微风的吹拂下，"唿嗒唿嗒"，飘飘悠悠，影子投在门框上，花花朵朵，像演皮影一样，满院子的喜庆，满院子的吉祥。年，就有模有样地真像那么个年的样子了呢。

 娘把炸好的菜端到偏房，吊房梁上，洗净和面糊的盆，收拾好筷子、盘子，猪圈旁拿过粪铲子，掏鸡窝里的鸡粪，用篮子提到猪圈里的粪池那，将堆在影壁墙后的干土垫到鸡窝中，又到兔子窝里掏兔子粪。

我们家养着一只兔子，灰色的，七斤半沉。以前养着十二只，入冬前都卖了，留了这一只母的，准备明年春暖花开时生兔宝宝。

这只兔子已经做过两回妈妈了，每次生五六只兔宝宝，刚开始小老鼠似的，肉肉的、软软的，闭着眼睛，好可爱呀！慢慢地，眼睛睁开，长大了，两条大耳朵，毛茸茸的眼睛，花瓣一样的嘴，吃草，吃菜叶，吃萝卜，咀嚼起来感觉特别快，还"嚓嚓"有声，走路不是四条腿朝前迈，而是一蹿一蹿地蹦。后腿特别长，一弹能蹦起老高。兔子的一个特点就是爱在地上掏洞，特别是要生兔宝宝的时候，能掏出老深。兔子窝中被圈起来的那块地上，便被掏得东一堆西一堆的满是土。

娘到兔子窝里把土扒平，将掏的洞填好、踩实，把粪从兔子窝里掏出来，垫上干土。冲兔子窝里瞅了瞅，怕兔子冷，又去抓了几把干草，铺在兔子窝中。

我们小孩子想帮忙，娘却不让，说："玩去吧，别把新衣服弄脏了！"

爹贴完了春联，收拾柴火垛，把玉米皮、草、树叶，垛成一个圆圆的塔，四周竖上一圈玉米秸，玉米秸外边再捆上几道破麻绳，挺牢固的样子。

接下来，将影壁墙后面的一小堆残雪铲到独轮车上，运到村南的坑塘，再填平雪堆旁的一个小土坑。

这个小土坑，是秋天的时候我和弟弟刨的。

有一回上课，老师说煤是木头埋到地下后变的，我记心里了，回家到处找木头，上房与西偏房的夹道里正好有

一根破凳子腿，我拿过来，叫弟弟帮忙，影壁墙后挖了这个坑，埋了进去，然后每天扒出来，看看变成煤了没有，一连十几天，却没有任何要变的迹象，问老师，老师说："忘了说了，得上亿年才行。"问我："上亿年知道吗？就是很多很多个一年又一年。"我恍然觉得那应该是非常非常遥远的事情了，因为每回盼着过年，一天一天的，都盼得那么难，何况是很多很多个一年又一年呢？凳子腿扒出来，扔了。不过，坑却没填好，就那么豁豁着。

　　小孩子都天性好奇，爱幻想，喜欢对一些事情进行探索和实践。

　　弟弟无意间听说蝙蝠是老鼠吃了盐后变的，对我一讲，我想，有道理，琢磨着怪不得跟老鼠差不多呢。我们从娘的盐瓶里偷偷抓了把盐，搁到西偏房一个老鼠洞口，有空就悄悄猫在西偏房的瓮旮旯里，等待老鼠吃了，长上一对翅膀从洞里飞出来，电影上的大侦探一样。可观察了很多次后，却并没有看到一只变成蝙蝠。老鼠倒是不少，西偏房里跑来跑去的，挺欢实的样子，没有一只吃盐，也没有一只身上要长出翅膀的那么点迹象。

后来我们知道，这不是真的，道听途说而已，让我们白白浪费了娘的一把盐。

娘收拾完了兔子窝，又收拾锄、镰、锨、镢。镰，挂到屋檐下，锨，放大门门洞里，锄、镢，拿到猪圈顶棚上搁起来。

看看都归置好了，娘摸起扫帚，从夹道开始对院子进行清扫。

爹把娘清扫的垃圾铲进篮子，倒进猪圈里的粪池。

院子里扫好，娘又扛着扫帚来到街上，清扫门外的大街。小砖头捡起来，放到墙根；碎柴火、破纸、烂布条，用扫帚划拉划拉，堆到街口，拿来火柴点燃，待烧成灰后，再埋到街边的一棵枣树旁。

此时，家家都把春联贴上了，有的也在收拾完院子后清扫街上。全村的大街，这个时候最为干净、整洁，整个村子，仿佛一下子变得格外漂亮。

乡下的年，就是乡下的年呐，跟往常比，确实不一样！连天上的太阳，似乎都格外明亮了呢！

小孩子们大街上蹦蹦跳跳，都穿上了新衣裳。路过的大人也都十分和气，笑模笑样。年，让整个村子温馨起来，暖融融的。祥和的气息，在村子里四处流淌。

收拾院子

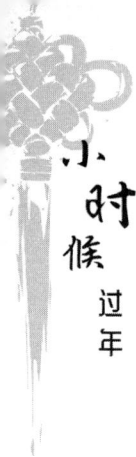

上　坟

年三十下午，家家该上坟了。

刚吃过午饭，坟地里便传来一阵阵接连不断的鞭炮声，"乒乒"作响。

早先，我们村村东、村西、村北、村南都有几处坟地，西北的山坡上也有。有的坟地里松树高拔，石碑耸立，老大的坟堆一个挨着一个，蒿草过膝。

但最主要的坟地还是村西那处，我们习惯上都叫"西坟"。

爹说他听我老爷爷讲，我们的先祖是明洪武二年（公元1369年）由直隶枣强县迁来的。

元朝末年，旱灾、涝灾、蝗灾频仍，民不聊生，统治者又横征暴敛，加重了老百姓的苦难，各地纷纷揭竿而起，对元朝的暴政进行反抗。灾害加战乱，各地人口锐减，当时很多村落成为空村甚或废墟，一片荒芜。明朝开国，朱元璋黄袍加身后，实施人口由相对较多的地方到人口稀少的地方的大迁徙政策，我们的祖上便告别家乡，来到了鲁中这个地方。

以前，我们村村东曾有一个祠堂，坐北朝南，三间大殿，东、西、南三面是院墙，院大门漆成黑色，勾着蓝线，开在南墙正中，与殿门在一条中轴线上，非常气派。大门外，两边一边一棵大槐树。进大门，是大青砖影壁墙，白石灰勾缝。拐过影壁墙，有四棵大松树，每一棵一个成人将手使劲抻抻着都抱不过来，葱葱郁郁。东墙下有两间偏房，房门朝西。祠堂院墙是土的，青砖收顶。大殿的门也漆成黑色，两边的窗户为大开扇。殿的顶部挂黑碎瓦子。四角和殿脊上有五脊六兽。

进殿门，正中就供奉着我们先祖的牌位，蓝底金字。

到二十世纪六十年代中期，祠堂失修，漏水、裂缝，慢慢倒塌了。

先祖来到后，先是五代单传，直到六代祖才生了三个儿子。后来，一支迁到了西边的一个村子，一支迁到了南边的一个村子，另一支留在了我们村，继续繁衍生息，一直到现在。

十二代祖以前的坟地都在什么地方，已无处查找。到十三代祖，坟地在我们村后面的山上，早先，那里有四棵白杨树，老大，村里叫那个地方就叫"四棵白杨树"，队长安排活，一说都到"四棵白杨树"锄地瓜，就全都明白。不用多说。

不过，在"四棵白杨树"那儿仅葬了十三代祖就不再葬了，十四代祖下山葬在了村西，成为后来的"西坟"，并慢慢发展成了老大一片。

我自从在村里念完小学三年级，到西边的那个村子上四年级后，每天上学、放学就走这片坟地，一条弯弯的羊肠小土路，沿着坟地中间，自东而西忽隐忽现地由坟堆间穿过。

坟地里，有很多高大的杨树，还有松树、榆树、槐树，有的树杈上高高地架着鸟窝，各种鸟儿不时在树枝上跳跃、鸣叫，特别是早晨和黄昏的时候，你就使劲想象那些婉转、清脆、悦耳的鸣叫声吧，特别黏稠，"吱儿吱溜"比赛一样。间有野兔，会"扑腾"一下从脚旁蹦起来，土

黄色，叫你猝不及防，甚至吓一大跳，可当你回过神来，呀，野兔已"嗖嗖"朝草丛深处遁去，无影无踪了。极快。有时也有身上花花绿绿的蛇，特别是春天的时候。这边、那边，有一座座门扇大小的青石石碑立在那儿。碑上的字都是宋体，非常工整，连干笔都刻得相当漂亮，有时，我走着走着会不由停下，背着书包站在某一座碑前，仰起头够够着手摸上面那些字，又是"先考"，又是"先妣"的，还什么什么"公"，讳什么什么，感觉特别高深，特别沧桑。

听到坟地里鞭炮声越来越响，爹洗净手也拿过筬子，从西偏房吊在房梁上的垫子里，拾上一碗炸鱼，一碗炸肉蛋，一碗豆腐丸子，放在筬子里。碗是那种小神碗子，比吃饭用的碗要小得多，也浅，但比饭碗要精致，是专门用来祭祀的。

拾完了菜，爹又提着筬子来到上房，放进去两双筷子、五刀①烧纸、一把香，条几上拿起一瓶瓶装白酒，启开盖，倒锡酒壶里些。条几上，瓶装白酒统共两瓶，是爹为过年专门从代销点买来的，一瓶六毛多。平时舍不得，偶尔喝，也是拿瓶子去打散的，一毛多钱一提子，一瓶两提子。代销员把一个锥形漏斗插进瓶口，倒完酒后，提子斜着搁漏斗上，要控得干干净净。

爹倒好酒，又从碗橱里拿出三个小瓷酒盅搁筬子里，窗台上拿过火柴，打开看看里面还有多少火柴棍，感觉不少，合上装兜里，看我们小孩子。

我们早就穿好衣服拿好鞭炮，还有放鞭炮用的长杆子，站在那里等着了。爹问我："没拿大雷子？"我说：

---

① 刀为传统民间纸张计量单位，1刀为100张。

84

"没！"他说："拿上几个。"我把鞭炮放弟弟怀里，又到外面从窗台上晒着的那盘大雷子上掰下五个。

爹说："走！"提着篼子往外走，我们小孩子踢踢踏踏跟在后边。

出门朝右拐，沿着那条长长的东西胡同一直往西，到胡同口，就望见"西坟"了。胡同里，有正要去或已经上完坟返回来的，迎面碰上，相互寒暄着："过年好啊！""过年好过年好！"

坟地里，这里十来个，那里六七个，都是一家家上坟的人，鞭炮不时在这里那里发出耀眼的闪光，然后传来"噼里啪啦"的响声。

爹领着我们，路过一个杏园，再稍稍往左一拐，到了。

每到一个要上的坟前，爹让我们小孩子在坟头上压上新黄表纸，放鞭炮，告诉我们这是哪位先祖，并讲一些他

上

坟

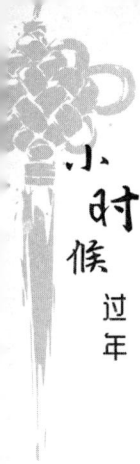

知晓的先祖的事情，然后摆上供品，上香、焚纸、洒酒祭奠，一连祭拜了好几座坟头，然后又沿弯弯的山路上山，来到"四棵白杨树"那里，祭拜十三代祖。

站在山上回望山下，村南、村北、村东、村西的一处处坟地里，到处都有上坟的人堆，还有烧纸燃烧的火苗，火苗上悠悠升腾的烟缕。

爹说，水有源树有根，上坟就是寻根，意在祭奠先祖，不忘先祖之恩。

是的，没有先祖，哪有我们？人，不管到什么时候，都不能忘了本！

摆放拦门棍

　　黄昏，伴随着西天上那最后一抹淡淡的晚霞慢慢隐去，天，渐渐黑了下来——大年夜来了，家家开始放鞭炮、摆放拦门棍。

　　过年为什么要摆放拦门棍呢？据说这与明朝开国皇帝朱元璋有关。

　　相传，朱元璋起事后，与元朝兵马展开了激烈而又残酷的战争，双方你进我退，相互拉锯一般。战争中，北方的一些村落为了躲避灾祸，便设法对双方讨好，谁都不得罪，家里准备下了"南朝"和"北国"两块牌子，见朱元璋的人打南边过来便挂上"南朝"，以示归顺，而元朝兵马过来了则挂上"北国"，表示是"北国"的人。俗话说"没有不透风的墙"，时间长了，被朱元璋识破了，拍案而起，认为这纯粹就是"两面派"行为，典型的对他不忠，下令对这些村落屠村血洗，并让胡大海、常玉春这两位大将带兵执行，于是北方的这些村落一时乌烟瘴气、血雨腥风。

　　除夕这天黄昏，胡大海、常玉春两位大将正带兵在村落里杀得昏天黑地，忽见一个汉子背着一个老婆婆没命似地从眼前跑过，心道，想跑，没那么容易，立刻将汉子拦下了，挥刀就要砍。汉子"噗通"跪在地上，求饶说："你们可以杀了我，但求你们开恩放了我娘吧，你看她都这么大年纪了，多可怜呐，求求你们，求求你们了！"胡大海、

常玉春一看，觉得这么好心的一个人，怎么会不忠呢，顿生恻隐之心，对汉子说："既然你对老人家这么好，那就起来吧，不杀你了。"让他赶紧回家，在门口摆上根棍子作为记号，然后紧闭门户，说他们让人看到后，就不会再进去砍杀了。

汉子说："谢谢！谢谢！"立刻起来，背上老婆婆跑回去了。不过，一路上，他把这个消息悄悄告诉了其他人，于是，一时之间，家家都在门口摆放上了棍子。

后来，这个做法被延续了下来，以图免灾除祸，全家吉祥、平安。

当然，这只是一种说法，别的还有很多，比如，有的说摆放拦门棍是为了聚财，意图从年夜开始，把新一年的钱财拦住，别丢失掉，好积少成多家财万贯。

再比如，还有的说，除夕夜是年的一个分界点，"五更分两年"嘛，摆放拦门棍相当于划条界线，标志着从旧的一年跨入新的一年了，祈求新的一年有个新的起始，霉运尽散，万事如意，阖家幸福，等等。

而我们那儿摆放拦门棍，据说则是为了把妖魔鬼怪什么的挡在门外。

爹说，他小时候听老人讲，早先，摆放拦门棍是我们那里过年的一项非常重要的仪式，除夕这天天黑下来后进行，由家中年龄最大、辈分最高的长者带领，点上纸灯笼挑着，带上供品、鞭炮、烧纸，来到村口朝着先祖迁来的方向，摆上供品，焚纸，长者轻轻说："先祖们，回家过年了，子孙来请你们了。"然后都跪下，跟着磕头。磕完，燃放鞭炮，收拾起供品，挑着灯笼，一队人轻手轻脚地往家走。一路上尽量不说话，碰上人也不打招呼，低着头跟不认识一样，以免惊扰先祖。对方碰到这种情况，知道是人家在请先祖，也尽量回避，实在回避不了，则朝胡同旁边躲一躲，给请先祖的人让开道。

到家门口，再烧纸，面朝院门磕头，还是长者轻轻说："请先祖回家过年了，门神门神不要阻拦，让开门。"接着走到院子里，磕头跪迎先祖进门，迎完关闭大门，摆放拦门棍，防止妖魔鬼怪趁门神让开门的机会悄悄跟进来。接着挑着灯笼到上房，在先祖的牌位前摆上供品点上香，点燃灯火，使其彻夜不熄。

拦门棍什么时间拿掉呢？初五。

这天早晨一大早，天似亮未亮的时候，上房牌位前磕头，长者念叨着："先祖们，年过完了，回去休息吧。"然后到院门口跪下，朝外磕头，放鞭炮，把拦门棍收起来。

后来，仪式逐步被简化，别的没了，只剩下摆、收拦门棍了。

拦门棍最好是桃木的，因为据说桃木能避邪，《太平御览》中就有"桃者，五木之精也，古压伏邪气者，此仙木也……"的记载。《左传·昭公四年》也有"桃弧棘矢，以除其灾"之说。

然而，哪有那么多桃木呀！那么，别的棍子也可以，但不能太粗，否则摆放在门口好几天，出出进进的不方便、影响门的开关不说，也容易不小心被绊个趔趄，甚或被绊个跟头。不过也不能过细，过细了不像棍子。最好还要直溜一点儿，弯弯曲曲，大过年的不太好看，放在那里有碍观瞻。

也有不太讲究的，小时候年初一我出去拜年，见有的就在门口放根高粱秸，纯粹就是在仅仅表示那么点意思了。

记得那时，爹老早就准备下了，有槐木的、杨木的、榆木的，也有梧桐木的，甚至还有推磨的磨棍，刨地的镢

柄。到年三十收拾完院子，就把棍子摆在了每一个门口的旁边。

天一黑，爹挎着筢子，里面盛着烧纸，每个门口旁都点燃几张，然后把拦门棍放好。程序是先院大门的，然后其他门口的。在院大门烧完纸放好拦门棍后，便把门插上，不再出去了。

拦门棍放好后，爹会到上房来，让我们到院子里放几个大雷子。有时他也自己放。"咣咣"地响。

现在别说城市了，村里过年，很多人家都已不再摆放了，除了年龄稍大一些的，年轻人甚至已不知拦门棍是怎么回事了，估计再过不了多少年，慢慢地，就会消失掉了。

守　岁

　　年夜饭，基本是那个时候每个家庭一年之中最为丰盛的一顿饭了，记得娘一会儿到上房拿葱，一会儿在灶房剥蒜，又是切，又是剁，又是炒，又是炖，差不多要忙碌整整一个下午。待爹烧完纸、放好拦门棍，香喷喷的一道道菜，摆到饭桌上了，炸鱼、豆腐丸子是必需的，还有肉蛋炖蘑菇、粉皮，再就是猪蹄冻、凉拌白菜心、炒豆腐、炒芹菜、炒胡萝卜片，等等。

　　爹照例会在锡酒壶里倒上些散装白酒，放一个碗里用热水烫烫，然后倒在一个小瓷盅里，一盅盅"吱儿""吱儿"地捏着自斟自饮一番。有时也再拿个瓷盅，给娘倒那么一盅。不过娘不喝，嫌太辣。爹说："喝盅吧，过年了嘛。"娘就笑着接过去，接着喝药似的，闭上眼分几口喝掉，辣得"哈哈"着嘴，赶紧撄几口菜压压。

　　我们小孩子只顾吃菜，一会儿筷子，一会儿调羹，在这个碗里挖，到那个盘里撄，不时碰得碗、盘发出响声。甚至不小心你的调羹舀到我的上，我的调羹舀到你的上。娘不断提醒我们："头朝前抻抻，别把汤洒身上。"

　　好吃的实在太多，我们小孩子一会儿就撑得打嗝，再也吃不下去了，只好放下筷子，用手摸着肚子离开饭桌。

　　娘收拾起碗、盘，抹净桌子。爹把瓷盅、锡酒壶搁到条几上。他们又把面板放饭桌上，拿过擀面杖、盖帘，开始年三十晚上最重要的一件事情——包饺子，以此来度过

守
岁

一年之中最后的那段时光，叫"守岁"。

饺子馅是大白菜的，娘下午就剁好，掺上豆腐，倒上酱油、香油，撒上五香粉，调在花盆里了。面也早和好，乌盆里醒着了。

我们小孩子没事可干，除了时不时到院子里放个火药引信辫上拆下的鞭炮，就是坐凳子上围着炉子烤火。水壶在炉子上滚着，壶盖不停地在水壶上"噶嗒噶嗒"跳动着，旺旺的火苗，争先恐后地在炉口上跳跃。

满屋子的年味儿，满屋子的温馨。

饺子，在我国已有悠久的历史，最早不叫饺子，叫"牢丸""馄饨"等，到宋代才称之为"角儿"，具备了"饺子"这个名词的基本雏形，清朝时，正式称"饺子"。《清稗类钞》中就有"中有馅，或谓之粉角——而蒸食煎食皆可，以水煮之而有汤叫做水饺"的记载。

据说，饺子是由著有传世之作《伤寒杂病论》的"医圣"张仲景首创的，起初是为了把一些药用面皮包裹起来，用于治病。

　　大年初一起来过年，为什么要吃饺子呢？传说也有很多，主要是因为这是旧的一年过去，新的一年开始的时刻，有"更岁交子"、庆贺新一年开始之意。表达了人们的一种美好的期盼，和对新生活的无限向往。

　　小时候，除过年之外，平日里要是吃顿饺子，会是一个家庭中一件十分重要的事情，老早就盘算了。我上高一的时候住校，阴历七月十五中元节，中午家里包饺子，我为了吃顿饺子，最后一节课一上完，就翻山越岭往家跑，一气吃了三大碗，接着又朝学校返，出门前感觉天不大好，阴得厉害，戴了顶爹下地干活用的苇笠，刚到山上，雨下大了，树上、庄稼地里、山谷里"哗哗"作响。苇笠根本不管用，早透了，树底下又不敢去——怕打雷，没处躲，没处藏，只好找个低一点儿的凹处，蹲在那里任雨肆意浇淋。等雨稍小一些跑到学校，全身早被淋透了，水顺着褂子和裤脚朝下淌。没多余的衣服可换，只好到宿舍脱下来拧拧水，再穿身上。然后踩着上课的钟声，跑进了教室。一身湿衣服，一会儿还可以，时间长了，那个难受劲儿就可想而知了，可打个饱嗝，那满嘴的饺子香，又使我觉得没白被淋一场。

　　饺子营养丰富，特别好吃，所以，民间有"好吃不过饺子"的俗语。

　　饺子的馅有很多种，常见的有胡萝卜的、白菜的、芹菜的、韭菜的、藕的、茴香的、芸豆的、荠菜的，等等。原先，我们那儿过年包饺子不用肉，说"要想富，年五更里吃顿素"，所以，家家都是素馅的，一般里面会掺豆腐，"豆腐"谐音"兜福"。

　　其实，这是以前生活条件差，吃不起肉，可大过年的

又要图吉利，不能说吃不起，因而寻找的一个冠冕堂皇的理由罢了。生活条件好了，便不管这个什么素不素的习俗了。因为，毕竟还是肉的好吃。先是肥肉的，后来又发展成瘦肉的了，嫌肥肉太腻，吃多了不利于健康，看看吧，已经都延伸到养生上去了。

可见，所谓的习俗，与当时的生活条件是密切相连的。

包饺子的手法有很多，爹的和娘的也不相同，娘的方式是饺子皮里挖上馅，对折起来后，从一头一边捏一边打褶，然后赶到另一头，捏紧、捏好，形状像个元宝。爹的方式简单，挖上馅，两只手将皮折起来，推到右手拇指与食指中间，用力一攥，似个肉丸。

论速度，娘的没有爹的快，可论好吃，爹的又没有娘的香。原因在于，爹包的褶大，形成一个面疙瘩，馅也少，而娘包的则相反。所以，每回包饺子，基本上都是爹做面剂子擀皮，娘在一边包。

小时候，娘每回包过年的饺子，总要包几个特殊的，有红糖的、大枣的、钢镚的。红糖和大枣，早就准备下了，钢镚，也洗净后在水壶里滚过了。

到最后，娘会把这几种饺子一样一个包好，放到盖帘上，掺在其他饺子中。

饺子共三盖帘加一簸箕，都在盖帘和簸箕上摆放得整整齐齐，怕粘破了，娘和面时，让面稍微硬了些，朝盖帘和簸箕里放时，还每个都在瓢子里的干面上蘸了蘸。

怕老鼠咬，爹把那一簸箕吊在房梁上，上面再搁一盖帘。另两盖帘放进大瓮，盖上了瓮盖。

这当儿，娘到灶房把大锅刷好，从水瓮里舀上水，把一早起来烧火下饺子的事情都准备妥当了。

夜已深了，村东村西，偶尔还有零星的鞭炮声，旧的一年就要过去，新的一年就要到来了，村中每一个温暖的屋子里，都有老老少少一家人在兴高采烈地等待着，准备迎接那个隆重而又激动人心的时刻，看吧，到时全球华人华侨都将会在一片美好的祝福声中，喜气洋洋地跨入一个新的起点。

守
岁

包 饼 干

　　小时候过年走亲戚，差不多都是用筻子，放上白面馒头、糖三角，上面蒙上一条红包袱，然后两头扎好。没有红包袱，盖条花手巾也可。既整齐、干净，还防止风把馒头吹干甚至吹裂。但不能用白颜色的布，犯忌讳，因为上坟才盖白布。

　　筻子叫二筻子，就是比斗筻要小一些的一个物件，绵柳条编的，白色，总体上是个长方形，不过没有棱，拐角的地方全带弧，中间有个翘起来呈弓形的扁木把儿。好的筻子编得非常密实，都可以提水，也非常结实。

　　一般一个筻子能用好多年，即使某个地方坏了，也有到村里来修理的手艺人。大多都是秋后或初春农闲的时候，挑着挑子，进村喊："扎裹筻子了——！"找个背风朝阳的地方，放下挑子，摆开家什，泡上绵柳条，等待着客人，一副一点儿都不着急的样子。有修的，拿着筻子来到摊前，手艺人接过去，看看是需要换把儿，还是需要补一补绵柳条，然后谈好价钱，低头开始修。有急事的先去忙，过会儿再来，不要紧；没急事就在那儿看着，你一句我一句的，跟手艺人聊天。筻子修好后，手艺人总要当着客人的面，在地上把筻子"啪啪啪"蹾那么几下，以示修得结实。告诉来修的人："放心用吧，别的地方都坏了，这个地方也坏不了。"

　　这种筻子，除过年走亲戚，一般生小孩送米、结婚送礼等，我们那儿也都用。

不过，篼子看着不是很大，但要真用馒头、糖三角填起来，还真得用不少。那时没有那么多馒头、糖三角，但不填满，空着半拉篼子大过年的到亲戚家去又不好看，家家便都买些饼干，包起来放到篼子中的馒头上边凑数。

那时饼干是个好东西，叫“什锦饼干”，黄黄的，长方形，四周带齿，沿齿的四周边框，非常规则地排列着一些针尖大小的小眼。

饼干吃起来甜甜的，刚咬到嘴里非常酥，咀嚼一下又非常黏。平常没人舍得买，只有过年走亲戚才买一点儿。

有成条的和散装的，村代销点里就卖。成条的用橘黄色的纸包着，画着图案，非常漂亮，但贵，很少有人买，差不多都买散的，用一个大纸箱子盛着，谁要多少，拾出来用木杆秤称。

一般一斤大概称六十块左右，也可能多一块，也可能少一块，与秤的高低和代销点里空气的湿度都有关系。细心一些的，回家会把饼干一块一块数，如果发现比上回买时少了一块，会立刻抱着饼干返回去找。代销员便把饼干放到秤上，重称一遍，看是不是少了。

记得代销员不大爱说话，是我们家西邻，论辈分我该喊他爷爷，做事非常认真，秤如果高，会掰块饼干拿下来，否则，则从箱子里拿块碎饼干添上。

代销点是服务性质的，不赚钱，代销员跟参加生产队劳动的其他社员一样，挣工分，但代销点不能亏本。

每年临近过年，爹都是买二斤，还有十几张草纸，一卷那种比棉线略粗、用牛皮纸拧成的纸绳。代销点里拿回来后，搁起来。

年三十晚上包完饺子，爹把面板上的面扫净，包

饼干。

先在面板上摞着铺上两张草纸，再把饼干摆到草纸上，都是在草纸正中，朝着对角的方向，一摞四块，竖着摆两摞，然后每摞再并排着放一摞，共四摞，十六块。饼干放齐后，将对着饼干宽处的纸对角折过来，卷一卷，折好，再把饼干长处的纸先后对角折过来，将四个角都拉得非常整齐，然后在纸褶上面放张印子把褶盖起来。

印子是一种有着图案的油印印刷品，有大红的、粉红的、紫红的，也有绿色的，花花绿绿，上面的图案，有的是一捆麦穗，写着"丰收"两个字，也有别的图案的。好的印子纸上好像带塑膜，不知是不是塑膜，摸上去十分光滑，灯下闪着亮光，掉水里捞起来也不要紧，但价钱贵，大部分都买那种就是一般红绿纸印刷的。

印子放好后，爹用牛皮纸纸绳一捆，一包饼干包好了，看起来有一块砖头那么大，有角有棱，但比砖头要厚，一个笾子中，放上六七个馒头、三两个糖三角后，再放上这么两包饼干，也就满了。还挺新鲜、挺好看的。

二斤饼干大约包七包，走亲戚用，足够了。

每回爹刚开始包，都舍不得给我们吃，除非有不小心折断的，总是到最后差不多要包完了，看看感觉十拿九稳有剩余的了，才给我们小孩子每人一块，我们赶紧接过来，他自己也含嘴里一块，给娘一块。

　　我们坐在炉子旁，小口咬着，各自在自己的饼干上咬月亮、咬五星、咬三角……咬着咬着，吃掉了，接在手里的饼干渣，也一仰头捂到嘴里。

　　爹把一包包饼干拾到一个小空面瓮里，好了——走亲戚时可以用了。

　　现在，早不包了，走亲戚没人再用了。印子也很多年都不见了。有，也成为收藏品了。

包
饼
干

炒 花 生

　　以前乡下过年，没有现在这么多苹果、梨、香蕉、橘子、葡萄、柚子、西瓜、火龙果、菠萝、芒果等水果。

　　我十八岁高中毕业，离开村子前往北京追寻我斑斓的梦想时，还未曾见过荔枝，更甭说吃过了，虽然从语文课本上已经知道了这种东西，但却误以为是一种树枝，还琢磨着，树枝怎么吃呢，难道是扒下皮来吃皮吗？到北京后，那儿离双榆树很近，双榆树有个市场，有一次我到那儿，看到卖荔枝，才知道不是树枝，而是一种非常漂亮、新鲜的果子，立刻买了一斤，回去洗洗放嘴里就咬，寻思课本上说那么好吃，赶紧尝尝，苏东坡不是都在其《惠州一绝/食荔枝》中赞叹"罗浮山下四时春，卢橘杨梅次第新。日啖荔枝三百颗，不辞长作岭南人"吗？他是北宋大文学家、书画家，唐宋八大家之一呀，词开豪放一派，与辛弃疾并称"苏辛"，散文与欧阳修并称"欧苏"，他都这么称道，肯定错不了。却没想到特皮，还涩，别说好吃了，都难以下咽，与预想的相去甚远。同宿舍的一个是南京的，一看，笑了，说："你得吃里面的肉。"拿过一颗扒开教给我，我这才恍然大悟，呀，怪不得呢！

　　后来读刘玉堂的作品，看到小说中的主人公作为一个农村的小孩子，第一次吃香蕉时，曾带皮一块儿吃的情景，非常理解。没有真实的生活体验，是写不出这么精彩的细节的。

那时，不但没有现在这么多水果，也没有松子、开心果、杏仁、腰果这些东西，更没有品种多样的儿童食品。年初一拜年，过完年初一走亲戚，好点儿的家庭给一块一分钱两块的那种最便宜的花生糖，次一点儿的抓把花生，一般的就抓一小把葵花子，甚至连炒都不炒，生的，没有南瓜子、西瓜子，个别的连葵花子也没有。

那时候，村里我的一个大娘家有好几棵枣树，每年能结一些那种长长的大枣，八月十五前后摘下来，挑好一些的洗净晾干，将每枚枣的把儿那儿放白酒里蘸一蘸，一枚一枚放到一个坛子中，盖上盖封好，过年拿出来，叫"醉枣"，红红的，非常脆，特别好吃，每年年初一去拜年，都是给我们小孩子每人两枚，我们赶紧接过来放兜里，过会儿摸出来，手里把玩一下，再搁回去，过会儿摸出来把玩一下，舍不得吃掉。

有一年，我和弟弟挎着篓子到姨家走亲戚，姨竟给了我们每人两个菱角，这种东西我们那儿很少见，弯弯的，感觉十分新鲜，我一直揣了好几个月。

我们家过年，爹基本上都是炒花生。有一年，还发核桃。是打南边三十里地的山里拿来的。那里有我爷爷自己认的一个干哥哥，这个干哥哥我爹认识，爹到那里赶年集，碰上了，那一年，我爷爷已经去世十来年了，非叫我爹去家里吃顿饭，爹只好去了，不但吃了饭，临走还给了一网兜核桃，这在当时是份贵重的礼物，爹念念不忘，好多年后，每当说起此事都连连称赞："那真是个实在人，好人呐！"

那年，来我们家拜年、走亲戚的小孩子，每人一个核桃，都感觉十分奇特，因为村里从来没有这样的。爹还把一个核桃的两头钻上眼，穿上线，双着，另一头系在一起，

给我做了个玩具。这个玩具把两边的线撑起来，摇摇后一拽一松，核桃便不停地过来又过去地转，"嗡嗡"有声。

不过，发核桃也仅仅那么一年。

我们那儿以前生产队每年在山上种花生，秋后刨出来，拉到麦场上，嫂子、婶子、大娘围着带花生的花生蔓子堆朝下摘花生，不过只大体上将好的摘一摘，瘪瘪的、单仁的、不太成熟的，全留在上面了，生产队把好的晒干卖钱，留在蔓子上的连同蔓子一起，按斤分给社员，社员便将留在上面的摘下来，晒晒自己吃。

爹都是晒干后放一个布袋里，吊在房梁上，过年炒炒，分给来拜年和走亲戚的小孩子。

有时生产队不种，爹就到集上选那种不太好的买一点儿。好的不行，太贵。

炒花生都是年三十晚上包完饺子还有饼干后，爹会把影壁墙后边的那个破铁锅端进来，洗洗放炉子上，搁上沙子，倒上花生，炒。沙子他早就准备下了，从村里人家盖房子的那儿抓来的。以前每到秋后，村里就有修、盖房子的，这离不开沙子。

用沙子炒花生，不容易糊。

温度上来后，爹会拿铲子不停在锅里翻腾，确保温度均匀，待差不多时，扒一个尝尝，熟了，倒出来，如果欠火候，再稍炒一炒。

往往一锅炒不完，得两锅。

然后，用一个带网眼的筛子把沙子筛掉，花生放起来，有来拜年的，走亲戚的，用葫芦瓢子盛上，上房里间端出来分一分。

每当花生炒出来后，爹会给我们小孩子每人抓一大把，我们赶紧放到自己的兜里。炒花生的香味，立刻悠悠地，不停冲鼻子里钻。

此时，夜已深了，过了五更了，花生也炒完了，我们小孩子躺下了，娘说："睡一会儿吧，睡一会儿起来吃饺子，过大年。"

她和爹也先后躺下了。

鞭炮声已经稀了，基本安静下来了，等待着几小时后的那个黏稠而又激烈的时刻，那时，将会铺天盖地，震耳欲聋。

炒花生

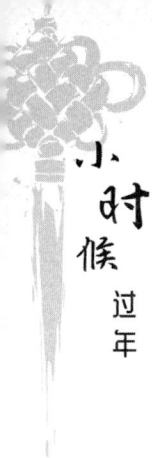

祭　　祀

大年初一一大早，村里家家都要祭祀。

娘不到四点就起来了。捅一捅炉子，放几块敲碎的煤坯进去，给上房和灶房一直亮着的油灯添一添油，洗净手，到灶房坐在灶口的蒲团上，点燃了灶膛里的火。娘点火时，不禁又下意识地看了看灶口那儿。

有一年年初一一大早，娘起来到灶房里准备烧水下水饺，点火前掀开盖垫，想看看锅里的水位合不合适，晚上临睡前她已舀好了，可担心水舀得不够，怕水饺到时滚不开，煮破了。油灯光里一看，水却没了，只在锅底下汪着那么一点点，不到一海碗，呀！娘感到奇怪了，明明临睡前舀好的呀，咋几小时的工夫说没就没了呢？又仔细看了看，一点儿也不假。娘觉得事情蹊跷，也不敢吱声，大年夜的，走过院子，悄悄来到上房喊爹。爹正穿衣服，娘说："你去看看咱灶房里那锅吧。"爹问："锅怎么了？"娘说："你去看看就知道了。"见娘一脸凝重，爹知道不便再问，惴惴不安地快速穿好衣服，跟着娘来到灶房。娘掀开盖垫对爹说："我临睡前舀好水的，现在你看。"爹看看，也疑惑了，问："你舀好的？"娘说："舀好的。"见娘这么肯定，爹也觉得奇了怪了，绕过锅头，从灶口端过挂在墙上的油灯，照了照锅里，没发现什么不对劲的地方，照照连在锅头后面的土炕，也都正常，可那水呢？爹疑惑着，娘也疑惑着，都不知道答案。爹又端着灯来到灶口，朝灶口那里照，发现灶口湿漉漉的，把油灯伸进灶口，里边更湿，锅底还挂着水珠。这时，掀着盖垫又朝锅里看的娘，蓦地看到了锅底水位线那儿有一朵绿豆大的亮光，心里一下明白了，这个锅有年头了，非常薄了，晚上她舀水前怕锅不干净，下过年的饺子嘛，就用铲子多铲了几下，漏了。

大锅不能用了，只好用炒菜的小铁锅煮饺子，一锅锅的，那年煮了六七锅。初五刚过，爹赶紧去买了口新的。

眨眼，好几年了。那时，我小妹妹才两岁。

娘在灶膛里的火苗上续上早就准备下的劈开后晒干的高粱秸，灶膛里的火渐渐旺了起来。

爹在娘之后也起来了，把饭桌搬出去，放在院子的当央，把西偏房南边龛子中的一个香炉取出来，放在饭桌正中。这个香炉是陶瓷的，上面有兰花，非常漂亮，是爹小时候从他的姥姥家拿来的，平常不用，只有进行重大祭祀活动时才取出来。

做完了这些，爹又拿来三个小瓷酒盅，摆到香炉前，上房条几上拿起那瓶打开的酒，倒锡酒壶里些，把锡酒壶提了过来。然后把偏房里一领用草绳捆着的旧苇席打开，铺在了饭桌的北侧。将一支"十响一哼噔"的鞭炮拆开封，挂在一根杆子上，靠影壁墙竖在了墙后。

大锅里的水烧开了，娘让火自己燃着，到上房端放着饺子的盖帘和簸箕，顺便一个一个拍了拍我们小孩子的肩膀，看我们醒了，端着饺子到灶房去了。

要在平时，我们小孩子会特别赖被窝的，娘不叫两三次，根本躺在被窝里不肯动，倘若是冬天，还要让娘不是烤一烤棉袄，就是烤一烤棉裤，有时还嫌没烤热，叫再烤一次，磨磨蹭蹭。

这回，过大年了，娘一拍醒，我们立刻就都坐起来，

祭
祀

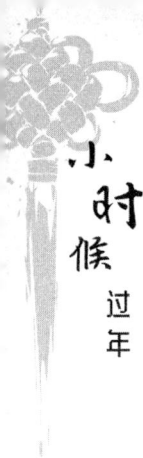

穿棉袄，穿棉裤，下炕，穿鞋，各忙各的，没人言语，都悄无声息。

脸盆里兑上水壶里的热水，打上肥皂洗手洗脸，眼被肥皂杀得眯眯着，赶紧把水捧到脸上冲。

这时，饺子已经煮好了，娘用笊篱捞出来，先盛在那些用来祭祀的小神碗子里，锅头后面，灶王爷前的搁板上恭恭敬敬地摆上三碗，院子里进行祭祀的饭桌上恭恭敬敬地摆上三碗，上房桌子上恭恭敬敬地摆上三碗。

爹拿出过年新买的筷子，一双双摆到供奉的饺子上，到院子里，捏起锡酒壶将饭桌上的三个小瓷盅斟上酒，划火点燃三根香，两手捏着弯腰一上一下虔诚地拜拜，插在香炉里，蹲在地上从放在旁边的篼子里拿出几个烧纸叠成的大元宝，点燃放在了饭桌前，然后又挎着篼子到灶房、上房各点燃几个大元宝，放在地上。

娘出来站到了院子里的苇席上，我们小孩子也从上房出来站到那儿。爹过来，和娘在我们前头，我们都向前一迈左腿跪下了，起起落落磕了三个头。站起来面向东，还是爹和娘在前头我们在后头，又磕了三个，接着又向北、向西各磕了三个。

祭祀磕头，我们小孩子已都会，知道得跟在爹和娘的身后，还必须跟爹和娘一起，磕得有节奏。

以前一说祭祀，我们双腿一并，"噗通"跪下了，磕头，手摁在地上，身子不动，只有头一下一下地点。爹告诉我们这么磕不行，很不雅观，也很不严肃，他说祭祀一定要郑重，给我们示范，跪时左腿向前迈一小步，两膝快要着地时，将左腿抽回来，与右腿并齐，然后向前弯腰，两手扶地的同时头朝地一点，接着，手离地，上身直起，两臂垂在身体两侧，稍一顿，磕第二个、第三个，十分有节奏。祭祀要磕三个，不能多也不能少。而且一定要在长者身后，这是规矩。

院子里磕完了，我们又到灶房、上房磕，爹让我挑起影壁墙后那根挂了鞭炮的杆子，弟弟点燃了鞭炮的火药引信撵。

"乒乒乓乓"的爆炸声，顷刻间在接连不断的闪光中响起，浓浓的火药香，弥漫了整个院子。饭桌上香炉里的香顶着三朵绿豆大的红点，慢慢燃着，透过上房和灶房泄出来的灯光，三条烟缕悠悠地飘升，似乎真的连接到了那深邃的苍穹一样。

我知道世上是没有神灵的，老师对我们讲过，那是迷信，但此时此刻，我还是在心里默默祈祷，新的一年，让我们全家、全村、全中国都五谷丰登吧，幸福安康。

祭

祀

放 鞭 炮

放鞭炮，是以前过年的主要标志之一。

基本上从一进入腊月就开始了，小孩子不是这里"乒"地放一个，就是那里"乓"地放一个，直到出了正月以后，才渐渐停息。

那时，家里即使再贫穷，天天地瓜粥、糠饽饽，除了有老人去世，或去世后还不满三年的，基本都要买上几支过年放放。家里有老人去世的，不但不放鞭炮，也不贴春联，过年还不能去给人家拜年，怕给人家带去晦气。

当时鞭炮种类很多，除了成挂的、大雷子等，烟雷子、两响等也很常见。烟雷子的形状跟大雷子没有什么区别，也是成盘，但个头要比大雷子小一些，点燃顶上短短的引信后，不是跟大雷子一样"刺刺"往上蹿花，而是"嘶嘶"冒烟，时间与大雷子差不多，然后"砰"地炸响。两响就是二踢脚，引信不在顶上而在中间靠下一点的位置，点时竖起来用手轻轻捏着，让从引信那个位置看，较短的一头冲下。响时，先"叮"的一声，把爆仗打到天上，然后"咔"的一响，一团闪光，一股烟，平地里一声春雷似的。

以前，鞭炮是男孩子过年的爱物，凡是男孩子，基本没有不喜欢的。临近过年的时候，每个男孩子到街上玩，差不多兜里都揣着几个，相互之间还摸出来比试，看谁的漂亮、个头大、响。年初一到别人家拜年，院子里那堆红红的鞭炮皮前，往往聚着几个寻寻觅觅的男孩子，如果谁家鞭炮皮堆大一些，会引来一片羡慕的眼光——这家真舍得买，放得真多。发现没响的，立刻捡起来放兜里，过会儿，有引信的点燃引信放掉，没有引信的则从中间掰开，顺上片鞭炮皮，点燃后引着里面的黑药，"呼"地那么一下，一团火，一股烟。

那时，家里有男孩子的，如果别的人这一年里欠着这家的部分情，过年会送几支鞭炮过来进行弥补。爹有时帮人家砌院墙、夯房基、盖房子什么的，常常帮完了忙不吃人家的饭，走了，那时也不兴要工钱，过年有的就送鞭炮，两只五支不等，待人家一走，爹和娘送人家到院门外还没返回来，我和弟弟已经每人一支或几支分掉，抱着躲到一边，放到各自的鞭炮堆里去了。有一年发大水，山里的水库泄洪，流经我们村南的那条河下来好多鱼，有的竟从河里朝岸上蹦，"噼噼啪啪"，爹扛上我们家的渔网，鲶鱼、鲤鱼、鲫鱼等逮了好多，放在大瓮、水桶、大盆中，一时吃不了，送给村北边一个大爷家一些，过年那个大爷给我们送了两盘大雷子。

鞭炮这东西非常奇怪，见不得火。有一年，我和弟弟晒鞭炮，我的在窗台上，弟弟的在鸡窝顶上，弟弟的鞭炮比我的要多一些，他小。我让他给我一点儿，他不肯，我拿着一节燃着的高粱秸穰子吓他说，你不给我我给你点了，做出要点他的一支鞭炮引信的样子，可没想到，尽管火源离引信还有十来厘米的距离，引信却真冒烟闪出了火花，一时，他的鞭炮堆里响声大作，我赶紧把那些还没有引燃的抓起来扔到了院子中。弟弟一看，他的响了好几支，哭唧唧地让我赔，我只好从我的鞭炮里给他拿了两支。从此，我知道了火对于鞭炮的厉害。前些年，有一次我因深入生

活，到一个生产鞭炮的工厂去，进车间，要求必须把打火机、火柴、香烟等统统交给门卫，经检查这些东西都掏干净了才让进，我非常理解，因为不怕一万，就怕万一，必须慎之又慎。放鞭炮也一样，马虎不得。

小时候过年，放鞭炮是有时间段的，主要是小年时的黄昏、年三十晚上吃晚饭前、大年初一晚上零点、大年初一一大早祭祀完毕吃饺子前、正月初五一大早、正月十六一大早。而这几个时间段中，尤以初一一大早祭祀完毕吃饺子前为甚。这村那村，这家那家，你一支我一盘，跟较上劲比赛一样，你追我赶，响个不停。家里人相互之间说句话都听不清楚，除非趴到耳朵旁。鞭炮皮纷飞，硝烟弥漫，火药香扑鼻。而那些平常一听到声鞭炮响就"汪汪"个不停的狗，还有"咯咯"乱飞的鸡，此时却非常安静，瞧吧，狗乖乖在柴火垛里趴着，鸡悄默声待在窝中，就连平日里动不动就"啊啊"几嗓子，然后"呼噜噜"喷个响鼻的生产队牛棚里的灰叫驴，也静默无比，一切都被铺天盖地的鞭炮声所覆盖，那气势，那声浪，排山倒海。

而掀起这鞭炮滔天巨浪的，常常就是一声不经意的枪响一样的，某个村里的两家甚或一家的鞭炮声，时间也许是这年年初一的两点半，三点或三点半，没有具体时间。那时没有表，听鸡叫，凭经验。一家觉得到点了，该起来了，点火烧水准备下饺子的同时，扯上支鞭炮，"哗——"一放，别的人家听到了，琢磨着人家都吃饺子过大年了，自家不能耽误了，赶紧起来也院子里点上一支，不多会儿，一切便都被点燃了。这村里"乒乒乓乓"地动静老大，别的村里也不甘落后，所有的村子都"哗哗"燃放起来。

　　我们家每年都是爹先放，我们小孩子贪睡，爹起来后，就把大雷子掰下几个，院子里一会儿"砰"一声，一会儿"砰"一声，故意把我们震醒。而一旦我们起来后，他就不放了，特别是祭祀完毕，吃饺子前的那一挂鞭，都是让我和弟弟放的。他说，当年每年过年，我爷爷也都是让他和我大爷放的。

　　因为这是充满希望的鞭炮，这是带着无限梦想的鞭炮。

放
鞭
炮

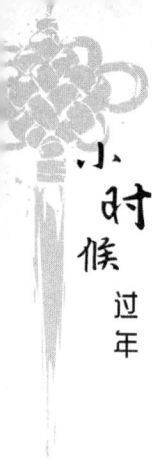

吃 饺 子

年初一祭祀完毕，放完鞭炮，一家人该吃香喷喷的饺子了。

娘把饺子一碗碗用托盘端到上房，放到爹从院子里搬过来的饭桌上，另外捞到垫子里的两大垫子，也都端了过来，屋子里顿时热气腾腾，满屋的饺子香。

按照我们那里过年下饺子的习俗，娘捞锅里的饺子时，照例留几个在里面不捞干净，还得双数，让里面既有饺子又有汤，寓意锅里年年不空，富富有余，好事成对成双。

院子里和上房祭祀用的饺子，都一碗碗端走了，灶房里供奉在灶王爷跟前的，依然搁在那里。这三碗饺子，得等到天亮后再放到锅中的算子上，盖好盖垫压锅。中午做饭怎么办？端出来搁灶王爷跟前，待吃过午饭后再放回去，直到晚饭后。

这个时候，讲究很多。

饺子下锅里一煮，会飘起来，但不能说"飘起来了"，要说"起来了"，煮烂了也不能说"烂了"或"破了"，要说"笑了"或"挣了"，舀饺子不说"舀上"，说"长上"。吃饺子不能让筷子碰得碗响，也不能用一双粗细不一的，更不能是一双长短不一或颜色不同的筷子。娘都是提前就挑选好了，或者直接用新筷子。碗也不能用带缝的或碗底等处有磕了缺口的。因为要饭的才端着个破碗，以博得他人的同情，好多要些吃的。临行刑的犯人才用破碗喝酒，大喊一声"十八年后又是条好汉"，然后"啪"把破碗冲地上一摔。筷子不得竖着插在碗里的饺子上，犯忌讳，交叉着放碗上都不行，说那是要把饭碗给贴封条，封住了。吃饺子不能"吧唧"嘴。饺子不管咸了淡了，都得说香，真香！

　　吃时，要等长辈入座后才能入座，看长辈端起饺子后，才能跟着端起来。这是一年之中的第一顿饭呢，必须要对长辈予以尊重。此时，一家人围着那张饭桌，一人一碗饺子，听着外面密密麻麻的鞭炮声，吃着放了很多油的香香的饺子，炉子里的火也旺旺的，真是一个幸福而又美好的时刻呀。

吃饺子

　　平日里，家里很少舍得买瓶酱油、醋，就是买瓶，也是在炒菜时才朝锅里倒那么一点点，有时我用热水泡煎饼，想朝碗里倒点酱油勾勾味，都得跟娘讲，征得她的同意。而此时，却破例拿两个碗，一个里面倒上酱油，一个里面倒上醋，摆在了饭桌的中间，而且，更重要的是还有一个碗里竟倒了些香油，也摆到了上面。都用筷子搛着饺子到里面蘸。这个饺子出来，那个饺子进去，有时，一个碗里竟同时有好几个饺子，更增加了饺子的诱人劲儿。

娘怕垫子里的饺子黏结了，起身过去端起来，轻轻晃一晃，又到饭桌前，端上自己的碗，把垫子里破了的一个个搛起来放到自己碗中。

我们都大口地吃着，谁都期待能蓦地吃到那包了红糖、大枣、钢镚的三个饺子，特别是我们小孩子，因为吃到了，寓意今年会有好福气，所以，尽管已经差不多吃饱了，可还是搛着朝嘴里填，并不时端详自己碗里的饺子，看看会不会有令人惊喜的异样的，有时也朝别人的碗里瞅。不过，如果吃到了，是不能说的，据说说了就解了，不灵验了，要保密，但是，往往自己不说，别人却能从你的表情上看出来，尤其是那枚钢镚的，要取出来攥手里，一下就被看穿了，因此，所谓的"密"是保不住的。

每年我几乎都能吃到一个。这几个饺子，也差不多都能在我们吃饺子时吃出来，当然，偶尔也有被留到锅中没被捞出来，或放到供在灶王爷跟前的饺子里的时候。一个人能吃出三个的，一次也没出现过，最多的是有一次被我小妹妹一人吃出两个，一个红糖的一个大枣的，令我们羡慕不已，心想，小妹妹一定会有大福气了。

爹和娘也常常吃到，不过每当吃到，他们都是停下不吃了，悄悄搛起来，放到坐在他们旁边的我或弟弟妹妹的碗中。他们是做爹当娘的，永远都希望把福气给自己的孩子们，而不是他们自己。

饺子不光我们吃，天亮后娘还要给我们家的鸡和狗几个，给狗的，放到狗吃食的盆子中，给鸡的，要把饺子捏碎，放在一个碗里。放前，要先在地上用木棍于院子的东边和西边各画一个圈，然后再将盆子和碗分别搁在东、西两边的圈内。我问娘为什么要画圈，娘说这是平安护栏，她小时候我姥姥就是这么画的，表示新一年里，鸡、狗等都会得到上天的佑护，无病无灾，六畜兴旺。

小时候，总以为过年就是吃饺子，谁家过年不吃饺子呢，不吃饺子那还是过年吗？长大后才知道，真有不吃的。前些年我到南方去，有的地方过年，就把上好的糯米经过浸泡，用磨磨成米粉，滤掉水分做成剂子，放上馅搓成汤圆，过年吃汤圆。还有的地方吃年糕，也有的吃春卷。

我国地域辽阔，有五十六个民族，是个多民族国家，不同的地域不同的民族，各有不同的习俗和丰富多彩的文化，所谓"十里不同音，百里不同俗"，说的就是这个意思。不说远了，就我们那儿往北去，也就十几里地，那里的人说话跟我们就不是一个口音，比如"人"这个字，他们那儿不说"人"，而说"兰"，人物说"兰物"。

这要是黑龙江到海南，新疆到山东，差别就更大了去了。

吃
饺
子

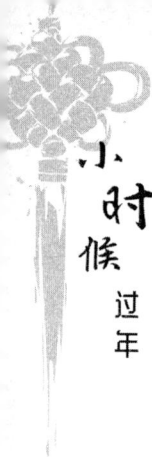

挣压岁钱

　　每年年初一吃完饺子，娘就该给我们小孩子发压岁钱了，这也是我们期盼已久的了。

　　爹和娘在收拾饭桌上的筷子和碗，我们小孩子有的站在屋地上，有的坐在炕沿上，有的守在炉子旁，着急地看着爹和娘，他们却不慌不忙，娘洗碗，爹抹桌子。接着，他们又一会儿到院子里，一会儿到灶房地忙。

　　压岁钱是长辈用来给小孩子避邪、祈福的，最早就是一种专门用于避邪的钱币，不流通，到后来，才演变成人们真正使用的钱币，在我国已有悠久的历史。长大后我曾读到过一些古今文人关于压岁钱的诗、文，其中有一首《压岁钱》是这么写的：

　　　　　　百十钱穿彩线长，

　　　　　　分来再枕自收藏。

　　　　　　商量爆竹谈箫价，

　　　　　　添得娇儿一夜忙。

　　非常形象。

　　冰心在她的《童年的春节》中也写道："记得我们初一早起，换上新衣新鞋，先拜祖宗——我们家不供神佛——供桌上只有祖宗牌位、香、烛和祭品，这一桌酒菜就是我们新年的午餐——然后给父母亲和长辈拜年，我拿到红纸包里的压岁钱，大多是一圆锃亮的墨西哥'站人'银元，我都请母亲替我收起。"

"站人"银元，是晚清时流入中国并进行流通的一种外制银币，也叫"站洋"或"港元"，正面是一个左手拿米字盾牌、右手握三叉戟的站立武士，背面中间是中文篆体"寿"字，上边是中文的"壹"，下面是中文的"圆"，左右两边分别为马来文"壹"和"圆"，制作精美，现在已成为一种收藏品。

　　就在我们焦急的等待中，爹和娘终于忙完了，娘打上肥皂洗把手，拿下挂在杆子上的毛巾擦擦，爹把铺在院子里祭祀用的苇席揭起来，铺在了上房屋地上，好让到时来给爹娘拜年的村里人磕头时跪在上面，别把新衣服弄脏。其实，从昨天晚上开始，爹就十分注意屋地上的卫生了，不让我们把一点儿水洒到上面，怕如果干不了，人家来拜年时会有泥。

　　席一铺好，我们小孩子赶紧争先恐后地跪到了上面，因为跪得急，有的碰到了前面的屁股，有的磕到了前面的鞋跟上，不过此时已顾不上了，我们一律都面朝正面摆着的那张老式桌子的方向。这是爹告诉我们的，说磕头一定要朝着这个方向。都喊着："爹、娘，给你们磕头了。"把头在席子上磕得"嘣嘣"响，以表示对爹和娘的感恩之情，也好讨得压岁钱。

　　磕完，我们立刻"呼啦呼啦"爬起来，像一群燕子聚到了炕沿的北侧。

　　这时，爹坐在正面的一把椅子上，端着刚倒好的一杯水，吹吹上面的热气，轻轻嘘一口，很满足、很幸福的样子。娘则微笑着打开炕北边的那个长方形有底座的盛衣服的赭色大箱子，头顶箱盖，不紧不慢地从只有她自己知道的一件衣服中，摸出一个提前糊好的红信封，里面抽出几张爹早在几天前就到村代销点换来的比较新一些的纸币，

挣压岁钱

一人一张发给我们，我们都伸着手赶紧接了。一般都是两毛，很少有多的时候。就是有一年，因为我大爷家那年十三口人，我大娘说十三口人不过年，否则不吉利，因此，叫我三姐除夕夜摆放拦门棍之前到我们家来，在我们家过年。由于我大娘提前就跟我娘说好了，因此，那年娘破例给了我们和三姐每人一张五毛的。我们知道我们都沾了三姐的光了。

拿到压岁钱，我们都高兴地跑开了，有的到上房里间，找个严实的地方藏去了，有的到院子里，装自己棉袄兜里去了，我则悄悄放在了我的书包中，然后琢磨着这两毛钱该怎么用。

首先，得买个"洋茄子"，经常见别人吹，我还从来没买过呢。

"洋茄子"就是一种气球，吹足了气，直径大约十厘米，再大就不能吹了，否则易吹爆。被整体染成红色、绿色、黄色、紫色等颜色，绑在一根约莫筷子粗、五厘米长的小竹筒上。竹筒也被整体染了颜色，一般为红色或绿色，其中的一端绑着一块薄薄的皮，气球就绑在有皮的这一端，从另一端一吹，皮会发出"吱"的一声，同时气球会鼓一下，鼓起腮帮吹一下，响一声鼓一下，待气球吹起来后，竹筒从嘴里拿出来，气球就在"吱儿——"的一阵响声中慢慢瘪下来，直到没有一点儿气为止。如果吹起来后，用拇指指肚堵在这端的竹筒孔上，气球会一直鼓着，能玩老长时间。

我还要买一个欢喜团子。它是用大米花做的，甜甜的，粘成一个乒乓球大小的圆球，中间穿一根线，下边穿一根染了颜色的筷子粗细的短短的小竹筒，竹筒下面吊一个花花绿绿的穗子，每到冬天就有卖的了，一枚枚地拴在一根枣树枝上。卖的人扛着，街上边走边吆喝："欢喜团子了——！"风一吹，飘飘荡荡，非常好看，特招我们小孩子喜欢。

另外，我还得买块橡皮。我的橡皮已经用完了，在用一个小药瓶上的橡胶塞擦写错的字，虽然也能用，但毕竟没有橡皮擦得干净，老是留下一小团黑黑的印迹。

买完这几样东西，正好剩一毛了，我得留着以备娘急需时用了。去年春天，我们家的煤油点完了，娘要去代销点打煤油，正好家里没钱了，缺一毛，我把留的一毛压岁钱拿了出来，解了娘的燃眉之急。

对此，我心中一直感到十分欣慰，也特别自豪。

挣压岁钱

拜　　年

年初一，天刚刚现出微微的曙色，拜年开始了。

那时拜年，不像现在坐在家里打打电话，发发微信，动动嘴和手指头就行了，而是真正要到别人家去，还得跪下磕头。

记得每年最早到我们家的，都是大爷家大哥、二哥。此时，鞭炮声依然雨点似的，不过与临吃饺子那会儿比起来，已经由大雨转成小雨了，密度也稀了，闻闻，火药香也淡下来许多。

院大门上的门闩爹早就拉开了，门只虚掩着。听到大门响，我们小孩子会立刻说："来拜年的了！"我们小孩子耳朵好使。果然，院子里传来"踢踢踏踏"的脚步声。弟弟拉开房门说："是大哥、二哥。"爹一听，放下手里端着的杯子端坐在椅子上，坐在炕沿上的娘也直了直腰。

大哥、二哥迎着弟弟拉开房门后，屋里射出去的那片亮光喊："叔、婶子过年好啊，给你们拜年了！"话音落地，脚步正好也到了屋里爹铺的那领苇席前，跪下就磕。爹说："别磕了，快起来，起来吧，别弄脏了新衣服。"大哥说："咦！得磕，一年一回呢，不磕还行？"

娘从里间端出炒花生，瓢子里抓出来，给大哥、二哥一人一把，他们赶紧接了装兜里，手里留几个，扒开放嘴里。我和弟弟给他们每人递过一把凳子，他们坐了。

爹问："你爹、你娘起来得都挺早的？"

"挺早。"大哥答。

二哥说："也就丑时跟卯时交接的时候。"

爹、娘跟大哥、二哥他们一递一句地说着话，差不多也就五分钟，大哥对二哥说："走咱？"二哥赶紧站起来："走。"爹和娘说："再坐会儿吧？"大哥、二哥说："得出去转转。那么多长辈。过年了。"

我和弟弟也跟着出去，到我大爷家给大爷、大娘磕头——开始拜年了。

大街上、胡同里，这家那家的门口，已晃动着三三两两拜年的人，虽然天还黑着，看不太清，但根据说话的声音能知道是谁。一个村里，声音都听惯了。老远晚辈或小的先喊："二叔，过年好啊？"对方赶紧答："过年好，过年好！你也挺好的？"这边答："挺好！"双方都在远处稍一停留，然后一方说："我们到婶子家去拜一下。"另一方说："去吧去吧，我们到五爷爷家。"各自走了。

到谁的家里，都是干干净净的院子，干干净净的屋地，还有满眼的喜气，满脸的笑容。家里有年岁较大的老人的，老人都坐在炕上，接受着叩拜和问候，迎进、送出、倒水、递烟、抓瓜子，则由他们的孩子支应。只有很少实在起不来的老人，才躺在炕上的被子中，拜年的晚辈磕完头，会走到炕边跟老人说几句问候和祝福的话，老人也问几句年轻人和年轻人的父母的情况。说不了话或耳朵背的老人，则由家里的年轻人给老人"翻译"或解释。

天亮之前，都是男人和小孩子在拜，天亮以后，妇女们也东家西家地拜，都穿着新衣服，年轻点的还绑着红头绳，花枝招展。已拜完了的，东三个西五个地站在街上说话，嗓门都老大，"哈哈"地笑，跟路过的还没有拜完的打着招呼。一些年轻的或年前刚过门的小媳妇，往往成为同辈而又年龄

拜

年

小一点儿的"小叔子"们开玩笑的对象："嫂子，我等半天了，怎么还不来给我磕头呢，压岁钱都快焐化了！"或者："嫂子，走得挺带劲呀，马力很足啊！"然后喊口令："一，二——一，一，二——一。"别的人也跟着起哄："左右左，左左右。"厉害一点儿的小媳妇，能够用开玩笑的形式回几句，不过，立刻会引来更猛烈、更大胆的玩笑，大都羞红着脸，赶紧走开了，这边人多势众，也都是些浪小子，知道招架不住。也有的竟被喊得步子都不知怎么迈了，跟着口令走不是，不跟着也不是，别别着腿，一时没法走了。

拜了没有多少家，我和弟弟的棉袄兜里已经鼓鼓囊囊了，有花生、葵花子、醉枣、软枣、柿饼等，我们赶紧回家摸出来。手里攥着的一把在别人家院子里捡的没响的鞭炮，也放在桌上。灶房的大锅里舀一碗饺子汤，"咕嘟咕嘟"喝了，抹把嘴，接着出去拜。

最后，我们到学校去，给梁老师拜。梁老师跟村里人不一样，不是天不亮就起来，而是天亮以后才起，然后下饺子吃饺子，所以不能早去，去早了她会吃不完饺子，不方便。我们都是在小学校门外凑齐了一起进去。梁老师的房间小，一下盛不了我们这么多人，只好一部分屋里一部分外面，屋里的基本都是女生。梁老师不叫我们磕头，说鞠个躬就行，然后拿出糖，每人分一块，是扁扁的、两头椭圆的、一分钱一块的那种。三好学生加一块。分完后问，还有没有没分到的？每年我都是两块。

回到家，我和弟弟把糖拿出来，用牙咬开，两个妹妹，还有爹和娘，每人半块，放嘴里含化。有时我也放碗里，倒上热水化开后喝糖水。喝完，还再倒上点热水涮一涮喝。舌头抿抿嘴唇，非常甜，过会儿抿抿，还是，一直到吃中午饭。

走 亲 戚

　　从年初二开始，该走亲戚了。

　　一般八点半左右，村里就开始有往外走的了，挎着筅子。到九点多十点来钟达到高峰，山上的小道上、沟底里的小道上、河边的小道上、田间的小道上、乡村的土公路上，到处都是走亲戚的人，除了走着的，零零星星有骑自行车的，个别的还有赶着马车的，都大步流星、喜气洋洋的样子。

　　每个村子里，忽然间都多出好多或熟悉、或陌生、或有点陌生的男男女女老老少少的面孔。

　　那时走亲戚不像现在，开着车或骑着摩托车、电动车，到个亲戚家，放下东西说几句话走了，最后赶到一家吃顿饭，一天把亲戚都走完了，成了一种形式，而是一天就走一家，到那里吃中午饭，饭后还要说说话、玩一阵子才走。走时为留一个馒头或糖三角，双方得撕巴半天，甚至都拿着一个馒头或糖三角追到大街上。

　　初二走的基本都是这家最重要的亲戚，像刚订婚的小伙子到女方家，刚结婚的小两口到女方家，或结婚没几年的小夫妻带着小孩子一起到女方家，小孩子到姑家，外甥到舅家等。

　　每个亲戚家都已有所准备，会做上一桌好菜热情招待，有鱼，有肉，还有酒。特别是那些订婚后还没结婚的小伙子，更是被准岳父岳母家奉为上宾，老早就开始切葱、

剥蒜，小伙子的未婚妻更是激动得一夜都没睡好，天不亮就起来梳洗打扮。终于又要见心上人了呢。以前农村里男女订婚后，一年里见不了几次面，很少走动，所以，春节是个机会。中午，酒是少不了的，不管小伙子能不能喝，女方家都得上，往往还要找上本家或村里几个有头有脸的人作陪。先把小伙子朝上座上礼让，小伙子知道不能坐，哪肯过去，对方便拽着胳膊朝上劝，彼此客套半天。

入了座，倒酒，又是一番客套和撕巴，直到把小伙子的杯子里倒得满满当当。接下来，又千方百计让小伙子喝，甚至还要划上几拳：

"五魁首啊。"

"满园春呐。"

"八仙聚呀。"

"六六顺呐。"

喝着酒的当儿，姑娘还未订婚的两三个或三五个要好的姐妹会借口找姑娘玩，到姑娘家来，躲在上房里间或偏房中，跟姑娘嘀嘀咕咕，透过偶尔上房敞开的那道门缝，对小伙子瞄上一眼两眼，看姑娘未婚夫长得如何、言谈举止咋样，并在心里悄悄以小伙子为尺子，琢磨着凭自己的条件该找个什么样的。

小伙子喝完酒吃过饭后，走之前还要吃顿饺子，这是我们那儿招待客人的最高礼节，一般的是没有饺子吃的。姑娘的姐妹这时会边和姑娘说悄悄话，边一起包饺子。有时趁姑娘不注意的工夫，姐妹们会把几个饺子里包上一饺子盐或一饺子辣椒面，掺到别的饺子中。懂得的小伙子，吃饺子时会比较小心，一小口一小口地咬，一旦发现，便将咬了一点点的饺子放汤碗里涮涮吃掉。不知道的就麻烦了，满嘴里齁咸或辛辣，吐出来，不雅观，吃下去，又难受，非常尴尬，姑娘的姐妹们要的就是这个，你递我个眼神，我递你个眼神，挤眉弄眼，一副捉弄小伙子成功后的得意神情。

小伙子吃过饺子，过一会儿该走了，姑娘的母亲早把提前跟姑娘父亲商量好的钱放小伙子筷子里了，这个钱，要比一般的压岁钱多不老少，不是两毛五毛，至少五块，也有八块、十块的，再往上，就很少有继续添的了，因为今天你给了小伙子，明天姑娘到小伙子家，人家都得翻着倍回，因此，你放了二十元，明天人家小伙子家怎么办？而不给，又肯定会被怪罪的，所以除非成心找茬闹别扭，没这么干的。

一家人会热情地把小伙子送出门外，其中当然少不了姑娘，替小伙子挎着筷子。到门口，姑娘家的人都停下了，姑娘继续走，跟小伙子一前一后，那时尚未结婚的男女还不兴肩并肩，不像现在，刚认识两天就手拉手，否则会被笑话。到村口没人或没熟人的时候，前头的才慢下来，俩人方走到一块儿说说知心话，然后，女的会从裤兜里摸出一双鞋垫，有时也会从棉袄里掏出一双新做的布鞋。小伙子赶紧接了，摩挲着，一时显得不知如何表达才好。姑娘告诉小伙子明天大约几点会去，二人依依不舍地分开了。

也有的小伙子喝高了，晃晃悠悠，勉强撑到姑娘离开，看姑娘进村了，走不多远，躺地上了，旁边的筷子倒了，系在上面的包袱撑开，馒头、糖三角、饼干滚了出来。

我们家所有的亲戚中，我最爱去姥姥家，我姥姥、姥爷对我好，心疼我，每回去都是拿出最好的东西给我吃，像醉枣啦、柿饼啦，还给我压岁钱，年年五毛，最多的一次竟给了一块，不过我接过来就交给娘了，太多了。

就是到我姥姥家太远了，十几里路，每回回来都累得够呛。

走亲戚

125

有一年过年，爹提前跟队长说好，借来了生产队的驴车。一头灰叫驴拉着。爹赶着。我们在驴车上铺上那领磕头时用的旧苇席，抱上床花被子，我们小孩子和娘坐上面，搁上篼子。爹在前面赶着。

驴蹄子敲在路面上，"嘚嘚"地响，我们都非常开心。

半路上得过一座桥，下面是汪洋的水。那时水大，水面差不多都要顶到桥板了，老远就听到了"轰轰"的响声。

眼看到桥了，驴走着走着，停在桥这边不动了，怎么赶也不行，我们都下来冲前拽驴，又怎能拽得动——毕竟是牲口！不但拽不动，驴反而仰头坐屁股，竖着耳朵瞪着眼睛，一步一步朝后退。折腾半天，人都累得出了一头汗，也没把驴赶过去。爹喘着粗气，我们围着驴，没一点儿辙了。

这时，对面过来个挎着篼子走亲戚的年轻人，老远问："是不是驴不走了？"

爹说："可不，真是邪性了！"

年轻人说："让驴过河，你得这样。"说着，篼子放路边上，扒下身上带领的蓝色新大衣捂到驴头上，看看将驴眼遮得严严实实了，然后牵起缰绳，喊声："驾！"驴"嘚嘚"过去了。

太神奇了！我们不由在心里赞叹。

待回过神来，想感谢感谢年轻人，他却穿上衣服，像做了一件应该做的事情一样，过河挎起放在地上的篼子走了。

只留下一个背影！

唱　戏

原先过年，村里要唱戏。

刚入冬，种完麦子，晒完地瓜干，拔完棉花柴，村里便排练开了，找来老师，安排好角色，一字一句，一招一式地教。唱、念、做、打，十分认真。村办公室里整日背台词、对台词，练唱腔，"咿咿呀呀"地。

年初二一过，开始唱了。村东边筑了个土戏台，坐北朝南，戏台四个角上每个角竖一根木头柱子，上边扯上铁丝，破旧的幕布挂上面，两个人负责过来过去地拉，有时没有幕布，挂上破被面，或透着窟窿、甚至还有小娃娃尿渍的旧床单。叫拉幕。

基本都是晚上唱，挂上两盏汽灯，打好气后点上，"呼呼"地亮。演员们都化了妆穿着租来的戏衣。有专门请来的琴师。我们一些小孩子会聚到后台，好奇地近距离看那些化了妆的演员。返回来后，待演员一上台，会指着台上的说，这是谁谁谁，那是谁谁谁，显示自己早就知道了。每逢唱之前，都是先"呛呛呛呛"地将锣鼓敲打一通，意思是要开演了，还没有来的赶紧赶来吧，要不就耽误了。同时也催促演员立即就位，等待那道幕布"哗啦啦"拉开。

不光我们村里唱，别的很多村里也唱。而各村的戏是各不相同的，有的吕剧，有的京剧，就是同为京剧，还有的唱老戏，有的唱新戏，就是都唱新戏，还有唱《红灯记》的，有唱《智取威虎山》的，有唱《沙家浜》的。因此，

每到晚上，田间小道上便涌动着来这村或到那庄看戏的人群，影影绰绰，叽叽喳喳，也有这庄跟那庄有亲戚，提前把亲戚叫来看的。

天刚擦黑，戏台前便摆上了一条条高矮不等、长短各异的板凳，也有石头、砖块、碌碡，怕凉，抓把麦秸、干草铺在上面。

场子周围，有吹糖人的，有卖甘蔗的，有卖欢喜团子的，有卖鼓荡子的，有卖洋茄子的，有卖糖葫芦的，有卖泥哨的，有卖吧嗒猴的，还有背着粪篮子的。吧嗒猴，是一种小孩子摇着玩的玩具，上边一个小木猴，一摇，随着木猴的转动，会发出"吧嗒吧嗒"的响声。这里一堆花生壳，那里一堆甘蔗皮。小孩子这里一堆，那里一伙儿，玩万花筒的，弹玻璃球的，打沙包的，踢毽子的都有，有时不知谁家的狗也跟来了，人堆里穿来穿去，尾巴摇着，弹簧一样。

戏开始后，台上唱着戏呢，台下往往不是这里"咔吧"一声咬破花生皮，就是那里"哧溜"一声吸溜嘴里咀嚼的甘蔗，间或还有小孩子"哇哇"啼哭和母亲哄孩子的声音。

有时演着演着，下边还"晃台"了。有的是因为冬天天太冷，外边的人冻得实在扛不住了，想朝里挤，找个暖和点的地方；有的是后边的人被前边的人挡着看不清，想挤到靠前一点儿的位置；也有的是几个小伙子，看到某个位置有几个俊俏些的姑娘，想靠过去挨着她们，而那些姑娘们又似乎就专等着小伙子们挤过来似的，唧唧咕咕，时不时还抿嘴那么一笑，像绽放的花儿期盼蝴蝶、蜜蜂一样。于是你挤我扛，下边某个位置乱了，闹闹哄哄。村里的民兵会过来维持秩序，戴着袖标，粗门大嗓地吆喝上几嗓子，立刻肃静下来。

村里的戏，自然比不上人家外边专业剧团的，有唱老戏的，唱完一场，到后台摘下髯口，与其他候场的演员说话，点上烟吸烟，说着说着，该上场了，催场的人员一叫，"呛呛呛呛"立马踩着鼓点上去了，张嘴一唱，坏了，髯口还在腰上挂着呢，赶紧转过身去，摘下来挂嘴上。

有演新戏《红灯记》的，上台后唱李铁梅的《仇恨入心要发芽》，唱着唱着，有个甩辫子的动作，由于辫子没绑牢，又加上用力有点大，"啪嗒——"，半拉假辫子一下甩地上了。

《智取威虎山》中，"杨子荣"打入匪巢后，有个与土匪比试枪法打吊在戏台顶上的灯的片段，那时没有电，插了几根小小的蜡烛，每根蜡烛上拴着一根细细的线，顺到后台，有一人专门牵着，等待土匪的枪一响，拽下一根拉到后边，"杨子荣"的枪一响拽下两根。枪声是后台人员用锤子砸的一种小小的鞭炮。该土匪打枪了，枪一顺，"乒"鞭炮响了，蜡烛"啪"一下拉下来，灭了，拉到后台去了。轮到"杨子荣"时，枪一顺，后台的鞭炮没响，演员琢磨

129

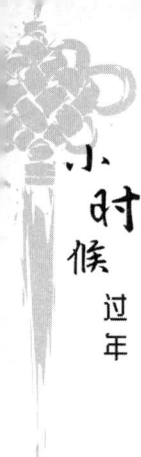

着，怎么回事呢？又做个动作，枪一顺，还是没响，气得枪朝腰里一插，寻思不打了，接着往下演，下台后再找负责砸鞭炮的算账。可后台也着急呀，连续两个鞭炮没砸响，赶紧放上第三个，也没顾上朝台上看，"杨子荣"刚把枪插腰里，"乒"响了。台上的"杨子荣"一下躺台上不起来了，大家上来劝他，他说我自己都把自己打死了，还怎么演？

还有更有意思的，有个村演《智取威虎山》，剧中有一场演员身披白色斗篷滑雪的戏，台子上没有雪，好几个演员踩着鼓点"呛呛呛呛"在台上抢着红旗跑来跑去，打跟头，翻蹦子，一个演员朝前翻完后，斗篷没系好，掉后面了，慌慌着返回来拾斗篷，可后边有个紧跟着翻着跟头就上来了，他一拉斗篷的当儿，后边的正好翻到他斗篷上，"啪嚓"——倒地上了，后边的不干了，爬起来问："你啥意思？""我就拾斗篷。""你这个节骨眼儿上回来拾斗篷啥意思？"你一句，我一句，上边吵吵起来了，后台的赶紧过来劝，两个人还不听，竟动手撕巴起来，台下的"呼啦啦"涌到台上，挤满了一戏台。后面的看不见，急得抻着脖子，一跳一跳地往起跳。说说这个劝劝那个，总算让两个人平息了。把台上的人都招呼开，接着演。

村里演戏，我爹也当过角儿，记得最早是《三世仇》中恶霸地主的狗腿子，虾虾着腰，跟在地主后面，有个地方他欺负穷人，要用斧子砍穷人家的树，在家里又刨又刮，做了一把长柄斧子，斧头是黑色的，刃那片儿刷了银粉漆，灯光一照，斧刃寒光闪闪，跟真斧子一模一样。

后来，他还当过栾平，借了村里我一个大爷的狗皮帽子。帽子有一次被爹戴回了家，毛茸茸的，特别暖和。

放滴滴金

以前，正月初五刚过，便有到村里卖滴滴金的了。

推着独轮车，用纸箱盛着，进村喊："滴滴金了——！"

滴滴金，是正月十五晚上小孩子们放的一种小小的烟花，麦秸那么粗，大约十厘米那么长，圆圆的，里面包着黑色的火药，后边有个两厘米长的没火药的扁扁的尾巴。

燃放时，用手捏着滴滴金的尾巴，将另一头点燃，滴滴金便会接连不断地散落出纷纷扬扬的火星，火星红色，米粒那么大，非常漂亮。一根滴滴金能燃放挺长一段时间，我们小孩子会每人捏着一根，街上跑来跑去，街上便到处都是红红的火星，有的还把滴滴金抡起来，成为一个红红的花环。有时，我们伸舌头舔一舔那尾巴，把滴滴金粘在搭毛巾的杆子上或门后边的插关上，顿时形成一片火星的瀑布。

滴滴金按把卖，分大把、小把，小把每把六根，底部跟大雷子似的，粘连在一起，上边用细线捆着。大把是将六小把捆在一起。

一般一小把就几分一毛钱，但大人还是舍不得给孩子买多了，差不多都是买上几小把，让小孩子放放，正月十五了，就那么个意思。我们小孩子便往往感到不过瘾。

听说滴滴金是用硝、柳木灰、食盐做的，我十二岁时，便自己悄悄做。

　　我们村坑塘南边有两棵碗口粗的柳树，我拿上我们家的钩子，来到柳树下，把几根干枯的树枝拽下来，冻得哈哈着手，带回了家。柳木灰不是烧透的那种，而是烧黑烧脆的那种，实际上就是柳木木炭。我找一块铁片，放在炉子角上，把柳树枝伸进炉子口里烧，过一会儿拿出来，在铁片上碾，反复几次后，铁片上留下一堆粗粗细细的柳木灰，找块平整的木板，用娘的擀面杖把柳木灰压细，成为黑面粉，捏几捏盐瓶里的食盐压细，掺到里面。上哪儿弄硝呢？有人说猪圈里老土坯墙上泛出的白白的东西就是。我从作业本上撕一张用过的纸，用一把小铲子，蹲在我们家猪圈里，从墙上一点点往接在下边的纸上刮，然后掺到柳木灰中。

　　滴滴金的药准备好了，用吃饭舀粥的铝勺，放上水和面，炉子口上搅着熬出糨糊，拿几张爹祭祀用的烧纸，用一根麦秸将纸卷成筒，糨糊粘起来，一头拧上小尾巴，找张硬纸，中间一折，用折的那个地方铲着药装进纸筒，然后用糨糊和药拌成的药糨糊将口封起来，一根滴滴金做好了，看上去与真滴滴金没有什么区别。怀着激动的心情，用火柴点上，却一会儿就灭了，不能连续不断地燃放。即使灭之前下几个火星，也是"啪啪"地爆，甚至直接把火给爆灭了。分析原因，一个是盐不够细，再就是硝不对头，有人告诉我，硝得用特定的原料进行加工熬制，猪圈土坯墙上刮下来的怎么会是硝呢？是碱！

那，上哪儿弄硝呢？

打听了半天，也没找到地方，琢磨来琢磨去，觉得用鞭炮里的黑药应该行，就是不知道朝里掺柳木灰的比例应该是多少，卷出几个滴滴金的纸筒，一根根地试，先是多了，划火一点，"呼"一下，一根滴滴金全"呼"了，再往下减一减，"秃噜秃噜"，一点还是太快，干脆减大一些，又太少了不燃烧了，抹了一手一脸的黑灰。

那时，我们家的西偏房里，摆着木板、擀面杖、柳木灰、压碎的食盐、鞭炮里扒出来的黑药、卷好的小纸筒、糨糊、掺了滴滴金药的糨糊等物品，成了我制作滴滴金的小作坊。

我一会儿兑药，一会儿装填，一会儿蹲在地上，点燃制作出来的滴滴金进行试验，看燃放效果。手脚冻麻了都顾不上搓一搓。

终于，有一天我找到了鞭炮黑药里兑柳木灰的比例，制作出的滴滴金能既不快又不慢地持续燃放了。

不过，这道难关虽然解决了，却还有另外一道——盐的比例，多了，火星太密，滴滴金"啪啦"灭了，少了，燃放时又不怎么出火星了，像一根燃烧的香。

一点一点地往上加盐，一根一根地试，而且尽量将盐压得细之又细，可感觉还不行，干脆用我们家捣蒜的蒜臼

放滴滴金

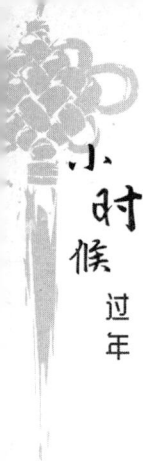

子捣。

后来，这个比例也找到了，我制作了一些滴滴金，也捆成把，跟卖滴滴金的卖的一样，拿到外面燃放。

不过，质量上总是没有人家卖的滴滴金好，火星大，爆裂声也响，由于无法确保盐在药中搅拌得十分均匀，燃放时，流泻下来的火星也没有人家卖的滴滴金的那么流畅，不过，总归是滴滴金，别人都是一根一根地燃放，我可以一次就点燃一小把，这样便弥补了火星不均匀的不足。

我不但自己燃放，还拿出一些送给小伙伴们，让他们也一起分享。看到他们接过滴滴金后的那种惊奇的样子，心里挺满足的——这是我亲手制作的滴滴金呢！

玩玩艺儿

快到正月十六了，这庄那庄开始玩玩艺儿了。

不但在自己庄里玩，还到别的庄里玩，于是，每个村子里，临近十六的那五六天或六七天里，差不多天天都有玩玩艺儿的，有时一天好几拨，让人们大饱眼福，特别是我们这些小孩子。

每当听到"咚咚咚""呛呛呛"的锣鼓声，我们总是最先欢呼着跑出来，迎着那有节奏而又十分振奋的响声赶到大街上。这时，玩玩艺儿的队伍正从街口那边朝这里而来。前头是玩流星的，一根绳子，一头套一个铁碗，碗里盛着水，有时不是水，是煤油，还点燃了，冒着火苗，"呼呼"抢着，风火轮一般，时不时还朝天上抛起来，老高，然后接住。流星的后面，是扛着钉耙的猪八戒、耍着金箍棒的孙悟空、拿着大烟袋的媒婆、摇着扇子的诸葛亮、独轮车推着大元宝的老婆婆、骑着灰驴的老汉等。也有包公、关公。都画着浓浓的妆，媒婆的嘴边上还点上个黑黑的大瘊子，十分夸张。

他们踩着鼓点，走着队形，听到指挥的哨子响时，会走走退退，相互之间串过来串过去，变化出一些花样，媒婆"吧嗒吧嗒"吸几口烟，骑驴的则掉过屁股，冲看的人尻几下蹶子，让看的人禁不住爆发出一片笑声。

最后边的是踩高跷的，木制的高跷绑到腿上，有的那么高呀，得一米多。有背枪的解放军，拿镰刀的妇女，握

钢钎的工人，也有帝王将相。有的头上还戴着孙悟空在花果山上戴的那种长长的翎子。

他们边玩边往前走，村中心停住玩一会儿，从两边是土墙土屋、脚下也是黄土的大街缓缓而去，到另一头，拐往别的庄了。后面跟着我们一群高高矮矮的小孩子。

有时还有玩芯子的，很多人抬着。好看，惊险。

也是有锣鼓声、哨子声。

都穿着红红绿绿非常漂亮的衣服。看吧，一个打扮得似公子哥一样的青年人，左手拿折扇，右手平托着一个鸟笼子，里面有两只画眉蹦来蹦去，挺招人喜欢的，但这不是最主要的，关键是上边还站着一个头戴栗色瓜皮小帽、手拿糖葫芦的六七岁的男孩，这个男孩随着芯子的移动，在鸟笼子上边晃晃悠悠，真担心他一不留神会跌下来，让我们无不为他捏着一把汗，但他却在上面泰然自若、十分淡定，令人啧啧赞叹。

有一个凤冠霞帔的女子，手持一把撑开的红色的雨伞，上面站一个十来岁的女孩，女孩脸上弯弯的刘海儿，一支竹笛横在嘴上，做出吹笛的样子。水袖随风摆动，飘飘欲仙。我们小孩子悄悄嘀咕，这伞怎么这么结实呢？她又是怎么在伞上稳稳站着的呢？那么高。

还有站在花瓶上的男孩，坐在亭亭玉立的荷花上的小姑娘……

各村里演完了，正月十六还要到七孔桥上去玩，叫"踩七孔桥"。

七孔桥在王家庄，有六个桥墩七个孔。这个习俗已有几百年了。说"七孔桥上走三趟，一年平安无灾殃""踩踩七孔桥，一冬不冻脚，一夏热不着"。

关于踩七孔桥的起源，有一个传说是：早先，王家庄的王氏与另一个庄的王氏受河流的阻碍，往来特别不方便，他们便修了七孔桥。桥修好了，河流变通途，正月十六，在桥上举办表演活动进行庆贺，十里八庄的得到消息后，都纷纷前往观看，一时热闹非凡，之后便演变成一个习俗了。

正月十六早晨，放完鞭炮吃完饺子，一支支玩玩艺儿的队伍，便纷纷朝七孔桥集结了，大量看玩玩艺儿的，也朝七孔桥涌来，小孩子骑在大人的肩膀上，裹着小脚的老太太坐在儿子推着的独轮车上，还有骑着毛驴的，蹬着自行车的，更多的是步行的。阡陌上，一队队的人流。卖小孩子玩具的，卖各种小吃的，也抓住机会纷纷赶来。

七孔桥周围的河滩里，男女老少，人山人海，玩玩艺儿的队伍一个接一个，你过来，我过去，纷纷拿出各自的看家绝活，比着赛地予以展示，赢得阵阵喝彩声和"哗哗"

玩玩艺儿

137

的掌声。河滩里锣鼓惊天动地，鞭炮震耳欲聋，成为一年中一场最隆重的盛会。

这场盛会一直持续到中午，才都意犹未尽地渐渐散去。

接下来，伴随着玩玩艺儿的鼓点的慢慢退去，十六结束了，年，也就过完了。田野上开始杏花片片，犁牛点点。我们小孩子急不可耐地脱掉厚重的棉衣，放学后拉着风筝，蹦蹦跳跳地一头扑进春天的怀抱，又开始天天期盼着下一个年的到来了。